釋神校注

［清］姚東昇 輯
周明 校注

巴蜀書社

秀水姚東升輯

釋神一冊本在升所輯丁辛類鈔本中頻歲以來屢承同志詢及又因類鈔尚未告竣不敢遽為謄繕故先錄是冊釐作十卷聊供譚餘話噱肰弇見狹隘掛漏之處直倍蓰千萬耳他日容丁補贅倘諸君子耳目所及輔予不逮幸甚幸甚

嘉慶壬申春日東升識

釋神

壬申暮三月訂

自序

鬼神者造化之迹原屬虛無古聖王未嘗定其某神是某人自佛老之說興而先王神
亦鬼魃之典盡為更改佛氏造幽遠狂怪之說以欺世（如法苑珠林翻譯名義等書）老氏以依托雅名聳之事
人（如雲笈七籤真誥等書）一與之較彼必矜驕而不敢辯世俗又好談神道大率雄而毅黝而碩
曰將軍溫而愿晳而少曰某郎媼而尊嚴曰姥婦而容曰夫人少而麗曰妝艾條若太尉
若相公若娘子指不勝屈（且也宋徽宗好道改神號曰真君元帝好佛改神號曰菩薩）更可怪者杭有杜拾遺廟村學究題為杜十姨遂作女像配以劉
伶（唐伶官）楊升水草大王乃五代時狹消之諺指為金日磾（因語訛）鄴中西門豹像後出一豹尾春（陵）象祠塑
一象垂鼻形丹朱類（舜弟）於域處乃塑一豬形而以丹塗之（狼鄉代醉編）北方有牛王廟畫百牛
于壁而中牛王曰冉伯牛（廟上扁額）灌口二郎廟乃秦李冰之第二子而曰楊戩（演義）羽林軍名訛為雨淋
而不度屋三椽地名訛為三收而有三三郎（代醉編）此皆謬之又謬者也（據之聯而正且為神）余作釋神分為十門蒐採
史子詩務剞皮方外莫不悉考核精當聊供閒窗一展而已嘉慶癸酉春秀水姚東升識

天地類

釋神卷一

天　春秋運斗樞天皇大帝北辰耀魄寶　按此亦未足信而道書称張堅竊劉天翁之車以登天白為天翁更為某誕張翁酉陽襍俎字剌渴漁陽人

五帝　春秋文耀鉤蒼帝靈威仰赤帝赤熛怒黄帝含樞紐白帝白招拒黑帝汁光紀○靈飛經青帝君諱雲拘字上伯赤帝君諱丹容字洞尔白帝君諱浩庭字素羅黑帝君諱尔子字上帰黄帝君諱文梁字摠帰　按五帝本儒家説謂五行代相王也故緯書為後人所闢而道録又妄議諱字不知始于何代　又按五帝之説道書所載甚夥詳下

玉訣經東方君姓烱諱開明字靈威仰南方君姓洞赤諱經丈字赤熛怒中央君姓通班諱元氏字含樞紐西方君姓上金諱昌開字城賢北方君姓黑節諱靈會字陽徒图

日月　雲笈七籖日姓張名表字長史日中青帝名圓常无字照龍赤帝名丹靈峙字緑虹映白帝名皓鬱将字迴金霞黑帝名澄瀏淳字尔縁文黄帝名壽逸阜字飈暉像月姓文名申字子光月中青帝夫人名娥隱珠字芬艶嬰赤帝夫人名翳逸寥字婉延虚白帝夫人名弄素蘭字鬱將蓮華黑帝夫人名結蓮翹字淳屬金黄帝夫人名青營襟字炅定容　正訛編琅邪代醉編引日姓孫名開字子真月姓唐名未字天賢引翻譯名義蘇利耶日神也蘇摩月神也○按日中五帝龍魚河引為五嶽神月中五夫人引為四海夫人

五星　藝苑卮言引道經歳星姓碧空名澄瀾字清凝夫人姓泌常名寳容字飛雲熒惑姓滂空名維淳字散融夫人姓陽常名華豜字尔羅太白姓寥靈名振尋字　夫人姓明常名飈英字

張華以泰山為天帝孫主召人魂魄而杜光庭洞天福地紀則以此為鬼神之府舉凡長人土伯燭土雷淵之變相悉以屬之（宋會要祥符二年詔封泰山……） 按道書云張天翁竊劉天翁之以登天劉翁失治徘徊五嶽作災堅患之以劉翁為太山太守主生死之籍則嶽宜是劉也

水府三官　留青日札今稱水府三官者起于偽唐保大間上水府馬當中水府采石下水府金山皆有王号宋時因加封号（爵）祭告

湘江神　史記秦始本紀至湘山祠逢大風幾不得渡上問博士曰湘君何神對曰堯女舜之妻 路史舜二女曰霄明曰燭光第三妃登比氏所生也靈照百里處于湘江為神迄今有分風送㕍客之异 按二說不甚合而離騷既又称湘君奇相也湘夫人堯女也未知孰是

淮水神　异聞集渦淮水神名無支祈

山神　山齋襍錄驪山神名羅闔岐山神名涉䮾

温泉神　代醉編董彥遠曰夕冥之子曰壬夫娶祝融之女曰丁芊俱學水仙是為温泉之神

巨靈　三教感通錄姓秦名洪海

五鎮神　唐會典元宗天寶十載正月二十三日封東鎮沂山為東安公南鎮會稽為永興公西鎮吳

目次

卷二　山川

卷三　時祀

卷四　方祀

卷五　土祀

卷六　吉神

卷七　釋家

卷八　道家

卷九　仙教

卷十　雜神

名纂……

雜人

前言

歷史上的中國是個多神信仰的國度，中國原始神話靠先秦典籍『斷簡殘編』一鱗半爪地保留下來也是個奇迹。後來隨着儒、釋、道三教在中國的發展蔓延，衆多的原始神話被保存下來并被各色人等加以改造，形成衆多讓人眼花繚亂的神人、神事、神系，原始神話雜糅在後世流傳的各種宗教神話之中。同時，以原始思維和原始信仰爲基礎，并以神話形式出現的各種仙話、鬼話、神幻故事、靈异傳説等新神話，又不斷被創造出來，并對古代中國社會生活的方方面面産生重要的影響。

雖然歷史上占統治地位的文人學士歷來遵循『不語怪力亂神』的儒教經典，對原始神話、宗教神話及後世産生的新神話持排斥態度，但是，漢唐以後，歷代仍有不少學者文人出於各種原因，在其著述中或多或少地記録了過去或當時民間信仰中的各種神靈及其行事，爲我們留下了寶貴的文化遺産。如漢代劉向、王逸、高誘，晋代葛洪、干寶、張華、郭璞、皇甫謐，唐代段成式、虞世南，宋代李昉、羅泌、張君房，元代馬端臨，明代王世貞、李調元、馮應京，清代吴任臣、翟灝、姚東昇等人，均在其專著、專輯、雜記、筆記小説、類書等著作中，記録了歷代中國神話資料，使我們能够在《列仙傳》、《楚辭》注、《淮南子》注、《神仙傳》、《搜神記》、《博物志》、《山海經》注、《帝王世紀》、《酉陽雜俎》、《太平御覽》、《太平廣記》、《路史》、《雲笈七籤》、《三教搜神大全》、《文獻通考》、《宛委餘編》、《新搜神記》、《月令廣義》、《山海經廣注》、《通俗編》、《釋神》等著述中梳理出中國神話的發展脉絡。

在歷代叙述神怪的大量著作中，清代中期浙江學者姚東昇的《釋神》一書尤爲奇特。與歷代衆多學人不同，姚東昇并不以故事記録爲主，而是另辟蹊徑，從輯録考據神們姓名入手，涉及各類歷史典籍二百六十餘種，旁徵博引，廣泛涉及原始神話人物，儒、釋、道三教神靈，地方崇拜俗神，仙人雜神及大量神話化的歷史人物。他力圖按照『名正言順』的思路去做『釋神』的工作，講清楚歷史上的各種神靈姓甚名誰。在此過程中，雖然姚氏亦對該神靈的流傳演變、民間崇祀等情況進行了一定深度的梳理和考説，但其基本出發點是以合不合『正史』爲標準的。凡不合『正史』者，或不合儒家經典者，姚氏概斥之爲『荒誕不經』或『繆之又繆』或『誣之又誣』，殊不知這正是原始神話或新神話之形象思維特點。儘管如此，姚氏之《釋神》，仍從客觀上填補了很多歷史資料輯録不完整的空白，爲後世的神話研究提供了可資參考的歷史資料。

從《釋神》稿本的性質上看，它可以被看成是一部小型的神話類書或典籍史料集萃，雖字數不多，但内容廣泛，除儒、釋、道三教外，還大量涉及仙道、雜神、俗神、神話化歷史人物等，特别是列有『方祀』、『土祀』二卷，集中記叙了以浙江嘉興爲主的各地民間崇祀之神，以及由此産生的民俗信仰和民俗活動，尤其難能可貴。

姚東昇，清代中後期浙江秀水（今浙江嘉興）人，生年不詳，卒於道光十五年（公元一八三五年），號曉珊，書香門第出身。祖父姚應龍，郡庠生，著有《四書五經旁訓》。父姚儼，諸生，著有《禮儀旁注》。姚東昇爲補郡庠生弟子員，未入仕途。清光緒《嘉興府志》卷五十三『秀水文苑』記載：姚東昇『孝友篤恭，資性穎异，讀書過目成誦，著有《恒象紀聞》等書，《惜陰居文稿》、《（惜陰居）吟稿》、《（惜陰居）日鈔》等集。三十餘年，鍵户著書，寒暑不輟，儒林望重，旌德方維。』此外，姚東昇還著有《羽族小志》、《群芳譜節録》、《古微書補缺》、《握齊經佚文》、《黄帝書佚文》、《南州异物志佚文》、《白虎通佚文》、《戰國策佚文》等佚文輯，收入其《佚書拾存》中。

《丁辛類鈔》是姚東昇另外一部大型著作集，《釋神》就是其中一部。《釋神》成書於二百年前的清嘉慶壬申年間。姚東昇在《釋神》原書説明中提到：『《釋神》一册，本在昇所輯《丁辛類鈔》本中。頻歲以來，屢爲同志詢及，又因《類鈔》尚未告竣，不敢遽爲謄繕，故先録是册，釐作十卷，聊供譚餘話噱。然箕見狹隘，掛漏之處，直倍蓰千萬耳，他日容丁補贅。』然而，由於種種歷史的原因，二百年來，該書并未能刊行於世。正如北京圖書館出版社二〇〇三年版《古籍佚書拾存》『出版説明』中所説：『清嘉、道間秀水姚東昇輯撰的七册《佚書拾存》，共輯佚書佚文計一七三種（篇），從「黄帝書」到「諸子語」，從「山海經」到「淮南子」，從「文章流别」到「五經要義」，從「韓詩外傳」到「吕氏春秋」，從「字略」到「説文」，内容極爲廣博。但這部重要的輯佚作品成書後却一直未得刊行，與姚氏的大批其它手稿一起，長期沉寂湮没於國家圖書館的浩瀚書海之中。』不幸的是，姚氏的《釋神》及《丁辛類鈔》其他稿本，正屬於『長期沉寂湮没於國家圖書館的浩瀚書海之中』的『姚氏的大批其它手稿』之一。

湮没在國家圖書館浩瀚書海之中的《釋神》稿本，被魯迅先生於一九二五年三月十五日提及。他在《致傅築夫、梁繩祎》（見人民文學出版社《魯迅書信集》）關於神話研究的一封信中説：『京師圖書館所藏關於神話之書，未經目睹，但見該館報告，知其名爲《釋神》，著者之名已忘却。倘是平常書，尚可設法借出，但此書是稿本，則照例編入「善本」中（内容善否，在所不問）視爲寶貝，除就閲而外無他途矣。祇能他日赴館索觀，或就抄，如亦是撮録古書之作，則止録其所引之書之卷數已足，無須照寫原文，似亦不費多大時日也。但或尚有更捷之法，亦未可知。』

一九八五年二月，北京書目文獻出版社爲紀念魯迅先生并方便廣大讀者，曾影印出版過《釋神》稿本。由於當時印數較少，故閱讀者較少。加之影印本文字較小，又是手稿，部分字迹模糊不清，殊難辨識。再加之稿本未加校勘，錯漏筆誤在所難免，故閱讀和引用都有所不便。

上世紀八十年代初至九十年代中的十多年間，筆者作爲學術助手，曾跟隨中國神話學會主席、著名神話學家袁珂先生研究中國古代神話。袁先生的研究方法是以古籍整理爲主，有《山海經校注》、《山海經校譯》、《古神話選釋》、《神話選譯百題》等著作遺世，其成名作《中國古代神話》也是在大量古籍資料整理前提下的文學性描述，這種研究方法對我的影響很深。袁先生認爲，在中國神話的研究中，儘管可以借助很多國外的研究理論、方法或研究資料，但是，最基礎的研究還是要從中國自身的古籍資料入手，因爲中國神話的古籍資料太零碎了，太缺乏系統的收集和整理了。然而我們看到的事實是，在中國學術界，雖然近幾十年有大量的古籍整理成果問世，但如袁珂先生《山海經校注》這樣從神話學角度進行的古籍整理成果却少之又少。可以想見的是，基礎工作都還如此薄弱，要想使中國的神話研究上臺階，與世界神話學界對話，其難度是非常大的。因此，我充分理解并贊同袁先生的觀點，研究中國神話，首先要埋頭做好基礎工作。這也是我願意不惜花費大量時間跑圖書館、坐冷板凳、讀歷代古籍的原因，也是這本《釋神校注》得以撰寫的原因。

由於本人學識有限，加之《釋神》稿本部分字迹潦草，還原甚難，故本次整理校注，疏漏錯訛甚至臆測之誤在所難免，還望各位讀者方家批評指正，是爲謝。

周　明

二〇一四年十二月十八日

校注説明

一、《釋神》原稿，自一九八五年北京書目文獻出版社影印出版以來，近三十年間，未見任何整理本或刊本問世。加之此書原未刊行，不存在版本問題，故而本書所謂『校注』，實乃對原稿予以整理，標點斷句，注明出處，再參所引典籍之不同版本予以部分文字校正，并非傳統意義上之版本『校注』。本書重點在『注』而非『校』，這點需要首先説明，望讀者體諒明察，免生歧義。

二、《釋神》原稿輯文涉及的歷代已刊行典籍，版本尤多。不同版本之間，個別字詞或有不同。如一一對照校勘，一則工作量太大，二則於本書意義不大，故省略輯文版本校勘部分，僅注明整理校注時所據書名、作者、卷次，供讀者參閲。個別典籍不同版本卷數不同，不注明版本恐會産生异議，故於個別需要明確版本之處，予以注明所據版本。

三、慮及本書帶有一定普及性，讀者或非專業人士，故於原稿中一些看似簡單之處，如書名、作者、時代、卷數等，亦逐一標出，便於普通讀者閲讀或核對原文。

四、本次校注，以姚氏輯録所涉典籍爲限。姚氏未涉及之典籍及内容，一般不加延伸考説，以免繁複。

五、《釋神》原稿十卷，分爲十門，共二百三十餘條。姚氏將十門名稱或作三字如『天地類』，或作兩字如『雜神』，今統一標作兩字門類名如『方祀』、『土祀』。

六、十卷之外，《釋神》原稿附有『名纂』一卷，涉及六類八十個神性歷史人物，意爲十卷之補充，且與正文聯繫緊密，故《釋神》名爲十卷，實乃十一卷。本次整理校注，亦將『名纂』列入，自成一卷。

七、姚氏《釋神》原稿輯録古籍之最大特點，是不拘原文，常概叙其大意，或增或删，多與原文不同。本次整理校注，於原稿增删較多處，直接注明原文；增删較少處，以『與原文略异』注明，以方便讀者參閲引用。

八、《釋神》原稿『按語』部分，姚氏行文將『按』、『案』混用，時而用『按』，時而用『案』。本次整理校注，姚氏按語部分，統一使用『按』及『又按』；校注者本人解説部分，以『明案』、『又案』標識，以示區别。

九、《釋神》原稿行文中多用生僻古字，如『肰』（同然）、『卆』（同卒）、『疋』（同雅）、『刱』（同創）、『銕』（同鐵）等等。本次整理校注，徑改爲今字，并未特别注明。

十、《釋神》原稿行文中，有部分姚氏雙行夾注。本次整理校注，對姚氏原注仍予以保留，且以單行小號字體加括號排出，未另加説明，敬請閲讀及引用時注意區別。

十一、《釋神》原稿中多處輯文涉及『玄』字，姚氏均改作『元』字或用『玄』字缺筆，係避康熙帝名諱『玄燁』而爲之。本次整理校注，概依所輯原書文字爲準，避諱處徑改回『玄』字，并不再一一注明避諱改字處。

十二、《釋神》原稿未經校勘，稿本各條輯文分類不盡合理。姚氏業已意識到這個問題，故於個别條目之下特别批注該條應該調整至某一門類或應在某一條後。本次整理校注，爲保持《釋神》原貌，未按姚氏批注調整門類或順序，僅於『明案』或『又案』中予以注明，請讀者注意姚氏原意。

十三、姚氏『釋神』，止於所釋之神的姓氏名稱，多數并未涉及其事迹，故普通讀者或研究者在閲讀及引用時，可能會有疑惑或不便。本次整理校注，力圖補足原文，使之具有一定故事性或完整性，便於讀者能更全面地瞭解姚氏所釋之神。

十四、魯迅先生未見此書時，還寄望姚氏《釋神》撮録古書時注明所引書名及卷數，以使治學時可『止録其所引之書之卷數已足，無須照寫原文』，但姚氏恰恰衹注明所引書名而未注明卷數，這就爲後世讀者查檢原文帶來極大麻煩。本次整理校注，詳細注明出處，希冀儘量免除讀者翻檢之苦。

十五、《釋神》原稿中偶有字迹缺損或模糊難辨處，整理時未敢臆測用字，徑以□標識并於注釋中説明，存疑待考。

十六、《釋神》原稿中提及之典籍，絶大部分在整理過程中已經翻檢核對，但仍有幾部或爲抄本，或爲館藏善本，由於種種原因所限，本次整理校注未能查閲核對到原書，如明劉世節《瓦釜漫記》、馬如麟《正訛編》、張鼎思《琅琊代醉編》，清蘇完瓜爾佳·景林《山齋雜録》等爲數不多的幾部，注文中均有説明，期望以後有機會彌補這個不足。

十七、筆者在『前言』中曾提到，姚氏《釋神》實際上是一部神話資料集。爲使其發揮更大的資料參考作用，本次整理校注，則盡可能地予以補充完善，期望其在中國神話研究中發揮更大的資料作用。

周　明

二〇一四年十二月十八日

原書説明[一]

釋神　壬申三月訂　秀水[二]姚東昇輯

《釋神》一册，本在昇所輯《丁辛類鈔》本中。頻歲以來，屢爲同志詢及，又因《類鈔》尚未告竣，不敢遽爲謄繕，故先録是册，釐作十卷，聊供譚餘話噱。然箕見狹隘，掛漏之處，直倍蓰千萬耳，他日容丁補贅。倘諸君子耳目所及，輔予不逮，幸甚幸甚。

嘉慶壬申[三]春日東昇識

[一]標題爲校注者所加。
[二]秀水：清代秀水縣，今浙江嘉興所屬，爲秀水區。
[三]嘉慶壬申：清嘉慶十七年（公元一八一二年）爲壬申年。

原書自序

鬼神者，造化之迹，原是虚無，古聖王未嘗定某神是某人。自佛老之説興，而先王神亓鬼彪之典，盡爲更改。佛氏造幽遠狂怪之説以欺世（如《法苑珠林》、《翻譯名義》等書）；老氏以僞托姓名之事以愚人（如《雲笈七籤》、《真誥》等書）。一與之較，彼必舌撟而不敢辯。世俗又好談神道，大率雄而毅、黝而碩曰將軍，温而願、哲而少曰某郎，媪而尊嚴曰姥，婦而容曰夫人，少而麗曰姑。其餘若太尉、若相公、若娘子，指不勝屈。且也，宋帝好道，改神號曰真君；元帝好佛，改神號曰菩薩。更可怪者，杭有杜拾遺廟，村學究題爲杜十姨，遂作女像，配以劉伶（楊升庵説）；水草大王，乃五代時詠誚之語，指爲金日磾（《同話録》）；鄮中西門豹像，像後出一豹尾；春陵象祠，塑一象垂鼻形；丹朱嶺，蓋堯子封域處，乃塑一猪形，而以丹塗之（《琅琊代醉編》）；北方有牛王廟，畫百牛於壁，而中牛王曰冉伯牛（《席上腐談》）；灌口二郎廟，乃奉李冰之第二子，而曰楊戬（《〔封神〕演義》）；羽林，軍名，訛爲『雨淋』而不覆屋；三孤，地名，訛爲『三姑』而肖以三女郎（《代醉編》），此皆誣之又誣者也。總之，聰明正直爲神。余作《釋神》，分爲十門，蒐採史、子諸籍，旁及方外，第不能考核精當，聊供閒窗一展而已。

嘉慶癸酉[一]春秀水姚東昇識。

[一]嘉慶癸酉：清嘉慶十八年（公元一八一三年）爲癸酉年。

卷一　天地

天[一]《春秋運斗樞》[二]：『天皇大帝，北辰耀魄寶。』[三]按：此亦未足信。而道書稱：張堅竊劉天翁之車以登天，自爲天翁，更爲荒誕。張翁，《酉陽雜俎》[四]：『字刺渴，漁陽人。』[五]

[一]天：指天帝，又稱北辰大帝、天皇大帝，道家稱玉皇大帝。

[二]《春秋運斗樞》：漢代緯書，亦名《春秋緯運斗樞》，簡稱《運斗樞》，魏宋均注，不具撰者姓名。原書佚，後世多有輯本。

[三]明案：各輯本正文無此句。唐瞿曇悉達《開元占經》卷八十五引《春秋運斗樞》：『天冲抱極泣帝前，血濁霧下天下寃。』宋均注：『帝，大帝，即北辰也。』又：《史記·五帝本紀》鄭玄注：「昊天上帝，謂天皇大帝，北辰之星。」又：唐賈公彦《周禮注疏》卷十八：『《爾雅》云：「北極謂之北辰。」鄭注云：「天皇北辰耀魄寶。」』又案：今本《爾雅》無鄭注，清阮元《十三經注疏校勘記》以爲係鄭玄爲《春秋文耀鉤》所注，非《爾雅》注文。

[四]《酉陽雜俎》：筆記小説，唐段成式撰，前集二十卷，續集十卷，凡三十卷。

[五]明案：「張堅竊劉天翁之車以登天，自爲天翁」事，載段成式《酉陽雜俎·前集》卷十四《諾臯記上》，文曰：『天翁姓張名堅，字刺渴，漁陽人。少不羈，無所拘忌。嘗張羅，得一白雀，愛而養之。夢天劉翁責怒，每欲殺之，白雀輒以報堅，堅設諸方待之，終莫能害。天翁遂下觀之，堅盛設賓主，乃竊騎天翁車，乘白龍，振策登天。天翁乘餘龍追之，不及。堅既到玄宫，易百官，杜塞北門，封白雀爲上卿侯，改白雀之胤不産於下土。劉翁失治，徘徊五岳作灾。堅患之，以劉翁爲泰山太守，主生死之籍。』

五帝[一]　《春秋文耀鉤》[二]：『蒼帝靈威仰，赤帝赤熛怒，黄帝含樞紐，白帝白招拒，黑帝汁光紀。』[三]《玉訣經》[四]：『東方君姓爛，諱開明，字靈威仰；南方君姓洞浮，諱極炎，字赤熛弩；中央君姓通班，諱元氏，字含樞紐；西方君姓上金，諱昌開，字耀魄寶；北方君姓黑節，諱靈會，字隱侯局。』[五]《靈飛經》[六]：『青帝君諱雲拘，字上伯；赤帝君諱丹容，字洞玄；白帝君諱浩庭，字素羅；黑帝君諱玄子，字上歸；黄帝君諱文梁，字總歸。』[七]　按：五帝，本儒家説，謂五行代相王也，故緯書爲後人所闢，而道録又妄議諱字，不知始於何代。　又按：五帝之説，道書所載甚夥（詳下）。

[一]五帝：漢晋讖緯家及道家方士所言東、西、南、北、中五方皆有天帝主宰，是爲五帝。

[二]《春秋文耀鉤》：亦名《春秋緯文耀鉤》，簡稱《文耀鉤》，漢代緯書，魏宋均注，不具撰者姓名。原書佚，

後世多有輯本。

[三]《左傳·桓公五年》孔穎達疏引《春秋緯文耀鉤》：『大微宫有五帝坐星，蒼帝其名曰靈威仰，赤帝其名赤熛怒，黄帝其名含樞紐，白帝其名白招拒，黑帝其名汁光紀。』明案：『拒』一作『矩』、『汁』一作『葉』，見《晋書·天文上》，後世兩字多有混用。

[四]明案：《玉訣經》疑即《太上洞玄靈寶赤書玉訣妙經》之簡稱，《正統道藏》玄部文本類輯爲二卷，撰者不詳，爲古《靈寶經》之一。

[五]明案：見《太上洞玄靈寶赤書玉訣妙經》卷下，原文所記五帝甚詳，曰：『東方安寶華林青靈始老君，姓燜，諱開明，字靈威仰。形長九寸，頭冠青精玉冠，衣九炁青羽飛衣，駕乘蒼龍之輿，建鶉旗，從神甲乙，玄老之官九萬人。……南方梵寶昌陽丹靈真老君，姓洞浮，諱極炎，字赤熛弩。形長三寸，頭冠丹精玉冠，衣三炁丹羽飛衣，駕乘丹龍玉輿，建朱旗，從神丙丁，越老之官三十萬人。……中央玉寶元靈元老君，姓通班，諱元氏，字含樞紐。形長一尺二寸，頭冠黄精玉冠，衣五色黄羽飛衣，駕乘黄龍玉輿，建黄旗，從神戊己，傖老之官十二萬人。……西方七寶金門皓靈皇老君，姓上金，諱昌開，字曜魄寶。形長七寸，頭冠白精玉冠，衣白羽飛衣，駕乘白龍玉輿，建素旗，從神庚辛，胡老之官七十萬人。……北方洞陰朔單鬱絶五靈玄老君，姓黑節，諱靈會，字隱侯局。形長五寸，頭冠玄精玉冠，衣玄羽飛衣，駕乘黑龍玉輿，建皂旗，從神壬癸，羌老之官五十萬人。』

[六]《靈飛經》：亦名《六甲靈飛經》，道經，凡一卷，不具撰者姓名。今《正統道藏》有《上清瓊宫靈飛六甲左右上符》一卷。

[七]明案：見《靈飛經·瓊宫五帝内思上法》，原文記五帝較詳，文曰：『東方東極玉真青帝君，諱雲拘，字上伯，衣服如法，乘青雲飛輿，從青要玉女十二人。……南方南極玉真赤帝君，諱丹容，字洞玄，衣服如法，

乘赤雲飛輿，從絳宫玉女十二人。……西方西極玉真白帝君，諱浩庭，字素羅，衣服如法，乘素雲飛輿，從太素玉女十二人。……北方北極玉真黑帝君，諱玄子，字上歸，衣服如法，乘玄雲飛輿，從太玄玉女十二人。……中央中極玉真黄帝君，諱文梁，字總歸，衣服如法，乘黄雲飛輿，從黄素玉女十二人。』

日月[一]

《雲笈七籤》[二]：『日姓張，名表，字長史[三]。日中青帝名圓常元，字照龍韜[四]；赤帝名丹靈峙，字緑虹映；白帝名皓鬱將，字迴金霞；黑帝名澄濟[五]渟，字玄緑炎；黄帝名壽逸阜，字飇暉像[六]。月姓文，名申，字子光[七]。月中青帝夫人名娥隱珠[八]，字芬艷嬰；赤帝夫人名翳逸寥[九]，字婉延虚[十]；白帝夫人名弄素蘭[十一]，字鬱蓮華；黑帝夫人名結蓮翹，字渟厲金；黄帝夫人名青營襟，字炅定容。』[十二]《正訛編》[十三]引《山齋雜録》[十四]：『穌利邪，日神也；蘇摩，月神也。』《琅琊代醉編》[十五]引：『日姓孫，名開，字子真；月姓唐，名未，字天賢。』[十六]按：日中五帝，《龍魚河》[十七]引爲五岳神，日中五夫人引爲四海夫人[十八]。

[一]日月：即日神及月神。

[二]《雲笈七籤》：道書，宋張君房編，原書一百二十卷，《正統道藏》録爲一百二十二卷。

[三]見《雲笈七籤》（《正統道藏》本，下同）卷二十三《總叙日月》。

[四]明案：《雲笈七籤》本句作『日中青帝諱圓常無，字昭龍韜。』

[五]潧：《雲笈七籤》作『增』。

[六]以上見《雲笈七籤》卷二十三《太上鬱儀日中五帝諱字服色》。

[七]見《雲笈七籤》卷二十三《總叙日月》。

[八]娥隱珠：《雲笈七籤》作『隱娥珠』。

[九]翳逸寥：《雲笈七籤》作『逸寥無』。

[十]婉延虚：《雲笈七籤》作『婉延靈』。

[十一]弄素蘭：《雲笈七籤》作『靈素蘭』。

[十二]見《雲笈七籤》卷二十三《太上結璘月中五帝夫人諱字服色》。

[十三]《正訛編》：明馬如麟撰，凡四卷，明崇禎《嘉興縣志》卷十八有載。明案：未見其書。

[十四]《山齋雜録》：清蘇完瓜爾佳·景林撰，凡九卷。明案：孫殿起《販書偶記》卷十一《雜纂之屬》著録《山齋雜録》書名，言爲光緒抄本，今未見刊本。

[十五]《琅琊代醉編》：明張鼎思撰，凡四十卷。

[十六]明案：姚氏此輯未言《琅琊代醉編》所引何書。明劉仲達《劉氏鴻書》卷十載此句，文同。

[十七]明案：《龍魚河》，當爲《龍魚河圖》，文脱『圖』字，應爲筆誤。《龍魚河圖》係漢代緯書，作者不詳，原書已佚，明陶宗儀《説郛》等有輯本。

[十八]明案：姚輯《龍魚河圖》文字，見《太平御覽》卷八八一『神上』引《龍魚河圖》。

五星[一]　《藝苑卮言》[二]引道經：『歲星姓碧空，名澄瀾，字青凝；夫人姓涵常，名寶容，字飛雲。熒惑姓渙空，名維渟，字散融；夫人姓陽常，名華瓶，字玄羅。太白姓寥靈，名振尋，字□□[三]；夫人姓明常，名飈英，字靈思。辰星姓肇咺，名精源，字□□[四]；夫人姓淵常，名玄華，字龍娥。鎮星姓藏睦，名躭延，字□□[五]；夫人姓康常，名空瑶，字非賢。』[六]按：《琅琊代醉編》：『水星姓湍，名炎，字神靈。火星姓炎，名九鼎，字光天。木星姓艾，名用，字道輝。金星[七]姓魯，名遂，字道璋。土星姓司，名辨，字道后』[八]，則又异焉。

[一]五星：指歲、熒惑、太白、辰、鎮五星之神。
[二]《藝苑卮言》：詩詞評論集，明王世貞撰，凡八卷，附録四卷。
[三]□□：姚氏原稿空缺數字。明案：諸書太白星僅有姓名，無字號。
[四]□□：姚氏原稿空缺數字。明案：諸書辰星僅有姓名，無字號。
[五]□□：姚氏原稿空缺數字。明案：諸書鎮星僅有姓名，無字號。
[六]明案：此段輯文不見今本《藝苑卮言》，該書主論古今詩文，不言神鬼之事。明王世貞另有《宛委餘編》涉鬼言神，該書卷十七、十八、十九共三卷專説神仙之事，《四庫全書》收録王世貞《弇州四部稿》，其卷一百七十二至卷一百七十四即爲《宛委餘編》十七、十八、十九三卷，姚氏輯文見《宛委餘編》十七。兩書作者同爲一人，應是姚氏將《宛委餘編》誤録爲《藝苑卮言》，此情况在本書以後條目中多次出現。
[七]星：姚氏原稿無，今據《宛委餘編》補。
[八]明案：明劉仲達《劉氏鴻書》卷十『世系部一・三才』云：『水星姓湍，名炎，字神靈。火姓炎，名九鼎，

字光天。木姓艾，名姓，字道輝。金姓魯，名遂，字道璋。土姓司，名辨，字道后』，文字略异。

二十八宿[一]

《雲笈七籤》：『角神姓賓，名遠生。亢神姓扶，名司馬。氐神姓王，名師子。房神姓洪，名寄生。心神姓女，名涂祖。尾神姓涂，名徐澤。箕神姓元闕，名仲。南斗神姓楊，名都[二]。牛神姓柳，名將生。女神姓刁，名徐，字虧子。虚神姓木，名徐他。危神姓劉，名歸生。室神姓吕，名昇。壁神姓石，名蘇和。奎神姓黑，名石勝。婁神姓竺，名遠來。胃神姓馮，名謝君。昴神姓張，名弩小。畢神姓桑，名公孫。觜神姓王，名平。參神姓銅，名徐舒。井神名摶陽。鬼神姓作，名涂子[三]。柳神姓角，名不[四]襄。七星神名勝子[五]。張神姓李，名神子。翼神姓張，名奴子。軫神姓符離[六]，名蘇子。』[七] 按：《道藏》所稱皆據緯書。考《春秋佐助期》[八]有『左角神名其名芳。右角神名其光率[九]。女神名開陽[十]。危神名推長[十一]。營室神名玄耀登[十二]。壁神名瞻工[十三]。奎神名列常[十四]。婁神名及方[十五]。胃神名稽覽[十六]。昴神名敖金[十七]。畢神名扶骨[十八]。參伐神名虚圖[十九]。南斗神名帙瞻[二十]。牽牛神名略緒熾[二十一]（《運斗樞》引《石氏星經》云：『名天關。』）織女神名收陰[二十二]。張神名推亡[二十三]。』大約上古卜筮之言，未可盡信。

[一]二十八宿：即星空二十八宿之神。

[二]都：《雲笈七籤》作『多』。

[三]子：《雲笈七籤》作『於』。

[四]不：《雲笈七籤》作『石』。

[五]子：《雲笈七籤》作『於』。

[六]明案：符離，姚氏原稿及《正統道藏》本《雲笈七籤》缺兩字，今據《四庫全書》本《雲笈七籤》補。

[七]見《雲笈七籤》卷二十四『二十八宿』條。明案：姚氏此輯爲綜述，非連貫之原文。

[八]《春秋佐助期》：亦名《春秋緯佐助期》，簡稱《佐助期》，漢代緯書名，作者不詳，魏宋均注，原書佚，後世有多種輯本。

[九]清張英《淵鑒類函》卷四引《春秋佐助期》：『角為天門。左角神名其名芳，右角神名其光率。』明案：『光率』，唐虞世南《北堂書鈔》卷一百五十『星五』引《春秋佐助期》作『光華』。

[十]明案：此句中『女』字爲『虛』字之誤。唐瞿曇悉達《開元占經》卷六十一引《佐期助》：『虛、危爲禮堂，虛神名開陽。』

[十一]《開元占經》卷六十一引《佐期助》：『虛、危爲禮堂，神名推長，姓呂賈王。』

[十二]《開元占經》卷六十一引《佐期助》：『營室主軍市之糧，神名玄耀登，姓婁方。』

[十三]《開元占經》卷六十一引《佐期助》：『東壁主文章，神名瞻工，姓刑孫王。』

[十四]《開元占經》卷六十二引《佐期助》：『奎主武庫兵，神名列常，姓均劉方。』

[十五]《開元占經》卷六十二引《佐期助》：『婁主苑牧，神名及方，姓臺衛。』

[十六]《開元占經》卷六十二引《佐期助》：『胃主稟倉，神名稽覽，姓研骨白。』

[十七]《開元占經》卷六十二引《佐期助》：『昴主獄事，神名敖，姓金。』

[十八]《開元占經》卷六十二引《佐期助》：『畢主邊兵，神名扶骨，姓傳兒候。』

[十九]《開元占經》卷六十二引《佐期助》：『參伐主斬刈，神名虛圖，姓祖及。』

[二十]《開元占經》卷六十一引《佐期助》：『南斗主爵禄，神名帙瞻，姓拒終。』

[二十一]《開元占經》卷六十一引《佐期助》：『牽牛主關梁，神名略緒熾，姓蠲除。』

[二十二]見梁宗懔《荆楚歲時記》『七月七日爲牽牛織女聚會之夜』條引《佐期助》。

[二十三]《太平御覽》卷三四七引《春秋佐助期》：『天弓主司弓弩之張神，名推亡。』

北斗[一]　《南史・袁君正傳》[二]『北斗神君』，非天上之七星也[三]。《雲笈七籤》：『神姓伯，名大萬。左右姓雷，名機，江夏人。』[四]《酉陽雜俎》：『北斗魁第一神，名曰執陰，二曰葉諧，三曰視金，四曰洰理，五曰防仵，六曰開寶，七曰招摇。』[五]按：《南史》之説，本陶貞白《真誥》[六]，不過稍新耳目。若《雜俎》而論，以執陰等爲名，則貪狼、巨門[七]可爲封爵信耳。

[一]北斗：即北斗神君。古人謂北斗七星，各有神主。

[二]《南史》：史書，二十四史之一，唐李延壽撰，凡八十卷。

[三]明案：《南史》卷二十六《袁湛傳附袁君正傳》記袁君正不信巫邪，揭巫師妄稱『神將送與北斗君』之事，姚氏以爲此北斗君非天上北斗神君，故言。

［四］見《雲笈七籤》卷二十四《總説星》。　明案：姚氏輯文取其意，非原文。

［五］見唐段成式《酉陽雜俎·前集》卷十四《諾皋記上》。

［六］《真誥》：道書，南朝陶弘景撰，《正統道藏》收録二十卷。陶弘景，字通明，謚號貞白先生，故史稱陶貞白。

［七］貪狼、巨門：北斗七星中天樞、玉衡二星之异名。

雷公電母［一］

《藝苑卮言》引道經：『雷公姓江，名赫冲。電母姓秀，名文英。』［二］《淮南子》注［三］：『豐隆，雷師也。』［四］《山海》［五］：『列缺，電名。』［六］按：雷於八卦屬震，電於八卦屬離，則雷神男像，電神女像可信。今人塑雷神，一手執連鼓，一手執槌；電神手持二鏡形，俱屬愚世，而姓名則妄矣。

［一］雷公電母：亦稱雷神電母，是爲原始神話人物。

［二］明案：《藝苑卮言》當爲《宛委餘編》之誤，説見前『五星』條注［二］。姚氏輯文見明王世貞《宛委餘編》十七。

［三］《淮南子》：亦稱《淮南鴻烈》，漢劉安撰，有漢高誘、許慎注本，今存二十一卷。

［四］《淮南子》卷三《天文訓》高誘注：『豐隆，雷也。』許慎注：『豐隆，雷神。』

［五］《山海》：即《山海經》，地理書。是書多有散失，今存十八卷，晉郭璞注。　明案：姚氏原稿脱『經』字。

［六］見《藝文類聚》卷二『天部下』引古本《山海經》：『列缺，電名。』（今本無）

風伯[一]　《藝苑卮言》引《事物别名》[二]：『風伯方道彰。雨師陳華夫。』[三]《雲笈七籤》：『風神名吒，號長育。雨神名馮脩，號樹德。』[四]　按：風神或稱屏翳[五]，或稱飛廉[六]，或稱少女[七]，或稱惡祈居婆瘦[八]，皆不失爲近古也。

[一]風伯：亦稱風神，是爲原始神話人物。
[二]《事物别名》：即《事物异名録》，該書凡四十卷，清厲荃輯、關槐增纂。
[三]見厲荃《事物异名録》卷二十八『神鬼部』。
[四]見張君房《雲笈七籤》卷十八引《老子中經上》『第十五神仙』條。
[五]唐徐堅《初學記》卷二：『屏翳，雨師名。』
[六]《楚辭·離騷》王逸注：『飛廉，風伯也。』洪興祖補注：『應劭曰：「飛廉神禽，能致風氣。」晋灼曰：「飛廉鹿身，頭如雀，有角，而蛇尾豹文。」』
[七]漢劉向《列仙傳》卷上：『赤松子者，神農時雨師也，服水玉以教神農，能入火自燒。往往至昆侖山上，常止西王母石室中，隨風雨上下。炎帝少女追之，亦得仙俱去。至高辛時復爲雨師，今之雨師本是焉。』
[八]明案：『惡祈居婆瘦』，不知所云，或是江浙民間口語。

四餘[一]　《琅琊代醉編》：『計姓翁，名若，字天真。氣姓高，名華，字俊夫。羅

姓馬，名玄，字伯惟。孛姓忠，名炎，字忠應。』[二]

[一]四餘：指計都、紫氣、羅睺、月孛四虚星，與『七政』日、月（太陰）、金、木、水、火、土等星曜相配，組成古代占星統，俗稱『七政四餘』。

[二]明案：此《琅琊代醉編》文，另見明劉仲達《劉氏鴻書》卷十『世系部一·三才』，文同。

員神[一]　《山齋襍録》：『神名磈氏，長留之山主司反景。[二]曰鵷、曰𤞤。[三]二人處東極隅，以止日月，使無間出没。』[四]

[一]員神：原始神話中主管日月運行之神。

[二]明案：本句出《山海經·西次三經》，原文爲：『又西二百里曰長留之山，其神白帝少昊居之。其獸皆文尾，其鳥皆文首。是多文玉石，實惟員神磈氏之宫。是神也，主司反景。』郭璞注：『日西入則景反東照，主司察之。』

[三]𤞤：《康熙字典》犬部引《集韵》：『以冉切，音琰。』。

[四]明案：本句出《山海經·大荒東經》，原文爲：『有女和月母之國。有人名曰鵷，北方曰鵷，來之風曰𤞤，是處東極隅以止日月，使無相間出没，司其短長。』郭璞注：『言鵷主察日月出入，不令得相間錯，知景之短長。』

天門守衛[一]　《代醉編》[二]：『張安道[三]言：舊本《國家奏章圖》：「一名葛將軍，一名周將軍。」』[四]

[一]天門守衛：即泰山三靈侯，世傳爲孚靈侯唐宸、威靈侯葛雍、浹靈侯周武，爲泰山天門守衛神。

[二]《代醉編》：明張鼎思《琅琊代醉編》之簡稱。

[三]張安道：北宋著名政治家、學者張方平。張方平字安道，號樂全居士，與歐陽修、蘇洵、蘇軾等交往甚多，曾任判尚書都省，世稱張尚書，著有《樂全集》四十卷，《宋史》有傳。

[四]明案：事見宋宋敏求《春明退朝録》卷下，文曰：『張尚書安道言：嘗收得舊本《道家奏章圖》，其天門有三人守衛之，皆金甲狀，謂葛將軍掌旌，周將軍掌節，其一忘記。嘉祐初，仁宗夢至大野中，如迷錯失道，左右侍衛皆不復見。既而，遥望天際，有旛幢車騎乘雲而至，輟乘以奉帝。帝問：「何人？」答曰：「葛將軍也。」以儀衛護送帝至宫闕，乃寤。後詔令宫觀設象供事之。』據此，輯文中《國家奏章圖》則爲《道家奏章圖》之誤。　又案：天門守衛，除本條所稱泰山三靈侯外，另有四帥之説，人員各异，均爲道家雜説。

雨師[一]　《雲笈七籤》：『雨師名馮修，號曰樹德。』[二]《搜神記》[三]：『雨師，畢星也，一曰號屏，一曰玄冥。』[四]《事物别名》：『雨師名陳華夫。』[五]《列仙傳》[六]：『赤松子，神農時雨師。』[七]《金樓子》[八]：『虞吏，虎也；雨師，龍也。』[九]　按：雨師，蓋龍伯、癡龍之類。

[一]雨師：原始神話中司雨之神。

[二]見《雲笈七籤》卷十八引《老子中經上》『第十五神仙』條。

[三]《搜神記》：志怪書，晋干寶撰，原書佚，今輯本凡二十卷。

[四]見晋干寶《搜神記》卷四，原文爲：『雨師，畢星也。鄭玄謂司中、司命，文昌第四、第五星也。雨師，一曰屏翳，一曰號屏，一曰玄冥。』

[五]見清厲荃《事物异名録》卷二十八『神鬼部』。

[六]《列仙傳》：道書，漢劉向撰，凡二卷，或作三卷。

[七]見劉向《列仙傳》卷上。

[八]《金樓子》：子書，梁元帝蕭繹撰，凡六卷。

[九]見蕭繹《金樓子》卷五，原文爲：『山中有寅日稱虞吏者，虎也；稱當路者，狼也。辰日稱雨師者，龍也。知其物，不能爲害矣。』

雷神[一]

《月令廣義》[二]：『雷公形猪首，手足各兩指，執一赤蛇嚙之。』[三]按：此又與今塑雷尊又不類。

[一]雷神：原始神話人物，亦稱雷公。

[二]《月令廣義》：農書，明馮應京撰，戴任增釋，凡二十五卷。

[三]見馮應京《月令廣義》卷二『方物』。

康元帥[一]　《搜神記》[二]：『帥負龍馬之精而生於黄河之界。父名衢，母金，毓於仁皇炎德[三]九年庚申正月庚辰。生而慈惠，不傷胎，不折夭，不虐孤寡，不履生氣，雖蟲頑蠢動如螘者，不輕殺焉。食殘紅，飲醇漿。時有雀雛爲物所搏，折翅而下，帥收而哺之。後銜長生艸以報，四方俱有仁聲。帝以民之所稱者，封爲仁聖元帥，以掌四方都社令焉。』[四]

[一]康元帥：道教護法神，爲東岳大帝十太保之一。
[二]明案：此《搜神記》爲元版繪圖《搜神廣記》之簡稱，後更名爲《三教源流搜神大全》，非晋人干寶所撰《搜神記》，清人葉德輝在《重刊〈繪圖三教源流搜神大全〉序》中即有説明，以下四條同。
[三]炎德：未知何帝年號。
[四]明案：輯文另見《三教源流搜神大全》卷五，文字略异。《三教源流搜神大全》還記有『帥乃左執金斧，右執瓜鎚與玉璽相周旋』等文字，可資參閲。

孟元帥[一]　《搜神記》：『帥名山，仁義孝[二]慈，萬古不磨，至今賞人心願者，封酆都[三]元帥。父諱浩，母郭。』[四]

［一］孟元帥：道教護法神，同爲東岳大帝十太保之一。
［二］孝：姚氏原稿脱，今據《三教源流搜神大全》文補。
［三］酆都：姚氏原稿作『酆郝』，今從《三教源流搜神大全》文改。
［四］明案：輯文另見《三教源流搜神大全》卷五『孟元帥』條，所記更詳。

鐵元帥［一］

《搜神記》：『帥生於商辛丙午五月七日寅時，封猛烈元帥，分任元冥。』［二］ 按：殷末，魔王現世，太乙真人奏，詔六丁入胎於石城顔氏之女，故帥有母無父，因以鐵爲姓，而頭其名。

［一］鐵元帥：道教神，雷部三十六帥之一。
［二］明案：此輯文及下姚按諸語，另見《三教源流搜神大全》卷五，文爲：『維殷末世，魔王現世。負靈者胎生版蕩於中華，恣毒者以幻化嶮巇，於谿谷出没，盤結妖帳。太虚玉帝聞太乙真人奏，詔六丁入胎於石城顔氏之夢，有母無父，因以鐵爲姓而頭其名，生於商辛丙午年五月七日寅時。帥幼而武勇，氣排山岳，膽落天地，力倒九牛。殺烏兔於水潁之陽，降火馬於陰山之北，殲魔鬼於野火廟中，擒妖狐於紫虚樓下。浮江亂河，截靈蛇玄龜於涿混之渚，玄帝方以坎離二業，故而闢雲於九天之下，正值帥之勇推山海，乃踏龜蛇，邀帥步虚以同昇，封爲猛烈元帥，分任玄冥之寄矣。』

高元帥［一］

《搜神記》：『帥受炁於太乙之精，托胎於蒼州高春公家。母梅，甲子年十一日[二]甲子子時生下一團，火光曜日。父母以爲怪，投之江。藥師天尊抱之爲徒，貌如冠玉，法名負，授仙形以時，世屢有异迹，玉帝封爲九天降生高元帥。』[三]

[一]高元帥：道教神，名不詳，全稱九天錫麟金闕監生金盆送子高元帥，雷部三十六帥之一，主司天下生育之事。

[二]日：《三教源流搜神大全》作『月』。

[三]明案：輯文另見《三教源流搜神大全》卷五『高元帥』條。

王元帥[一]　襄陽洛里人，諱惡，字秉誠。父臣早逝，母邵遺胎而生帥於貞觀丙申七月庚申申時。帥幼孤，不讀書，有膂力，性剛直。人有不平者，與分其憂，屢有盛迹。玉帝封爲容[二]洛王元帥，賜金印，内篆『赤心忠良』四字，管天下都社令。[三]

[一]王元帥：即王靈官，道教雷部神，又稱豁洛王元帥。

[二]容：《三教源流搜神大全》作『豁』。

[三]明案：本條輯文未注明出處，應係元版《搜神廣記》文字，亦見《三教源流搜神大全》卷四，或爲姚氏抄録時漏寫書名。

卷二　山川

五岳[一]

《龍魚河圖》：『東方太[二]山君神，姓圓名常龍。南方衡山君神，姓丹名靈峙。西方華山君神，姓浩名鬱狩。北方恒山君神，姓登名僧。中央嵩山君神，姓軍壽名逸群。』[三]《藝苑巵言》[四]引道經：『東岳姓玄邱，名目陸。南岳姓爛，名洋光。西岳姓浩岳[五]，名元倉。北岳姓伏，名通萌。中岳姓角，名普生。』[六]　按：二説不同，而《五岳真形圖》[七]及《太清金液神氣經》[八]又各造爲奇字以欺人耳目，更無足道。

[一]五岳：指東、西、南、北、中五岳之神。

[二]太：同泰，下同。

[三]見《太平御覽》卷八八一引《龍魚河圖》，《御覽》末尾尚有『呼之令人不病』之句。

[四]《藝苑巵言》：係《宛委餘編》之誤，説見前注。

[五]明案：明王世貞《宛委餘編》十七、清陳夢雷《古今圖書集成·明倫匯編·氏族典卷·氏族總部》引道經均無『岳』字，當係衍文。

[六]明案：《宛委餘編》十七引作『道經』，《古今圖書集成》引作『道德經』，然今本《道德經》無此説。

[七]《五岳真形圖》：道教符箓，傳爲太上老君所作。明案：此處疑爲《洞玄靈寳五岳古本真形圖》之簡稱，是書舊題漢東方朔撰，《正統道藏》洞玄部靈圖類輯入。

[八]《太清金液神氣經》：道經，撰者佚名，凡三卷，收入《正統道藏》洞神部衆術類。

五岳將軍[一]

《龍魚河圖》：『東方太山將軍，姓唐名臣。南方霍山將軍，姓朱名丹。西岳華山[二]將軍，姓鄒名尚。北岳恒山將軍，姓莫名惠。中岳嵩山[三]將軍，姓石名玄恒。』

[一]五岳將軍：指東、西、南、北、中五岳守護神，爲五岳大帝屬神。

[二]華山：《太平御覽》卷八八一引《龍魚河圖》作『華陰』。

[三]嵩山：《太平御覽》卷八八一引《龍魚河圖》作『嵩高山』。

武夷山神

《武夷志》[一]：『籛鏗二子，長曰武，次曰夷。』[二]

[一]《武夷志》：地方志書，未知撰者及版本。

[二]明案：籛鏗：即彭祖。漢劉向《列仙傳》卷上：『彭祖者，殷大夫也。姓籛，名鏗，帝顓頊之孫，陸終氏之中子。歷夏至殷末，八百餘歲。』又：清董天工《武夷山志》卷十八曰：『彭祖姓籛，名鏗，相傳古陸終氏

第三子也，亦謂之中黄君。傳稱其嘗進雉羹於堯，堯封之彭城，故稱彭祖。又有曰商賢大夫，即所謂老彭。隱居是山，善養生術，壽七百七十七歲。二子曰武，曰夷，同居於此。或曰山因是得名。』

四海神[一]　《莊子》[二]：『南海帝曰儵，北海帝曰忽。』[三]《龍魚河圖》：『東海君姓馮，名修青；夫人姓朱，名隱娥。南海君姓視，名赤；夫人姓翳，名逸寥。西海君姓勾大，名邱[四]百；夫人姓靈，名素簡。北海君姓禹，名帳里[五]；夫人姓結，名連翹。』《養生雜書》[六]：『東海姓何，名歸君。南海姓劉，名囂君。西海姓劉，名漱君。北海姓吴，名禽强君。東海神名阿明，南海祝融，西海巨乘，北海禺彊。』[七]（按）：《藝苑卮言》[八]引道經：『東海姓閔，名内靈。西海姓導，名洞清。北海姓俞，名淵元。』[九]　又按：《正訛編》又稱：『馬銜，海神名，一角而龍形。』[十]此三説又能相合。

[一]四海神：古謂東、西、南、北四海之神。

[二]《莊子》：子書，戰國莊周撰，原爲五十二篇，今存三十三篇。

[三]見《莊子·内篇·應帝王》，文字略异。

[四]邱：《太平御覽》卷八八一引《龍魚河圖》作『丘』。

[五]《太平御覽》卷八八一引《龍魚河圖》作：『北海君姓是，名禹帳里。』

[六]《養生雜書》：未詳作者及年代。

[七]宋廖瑩中《東雅堂昌黎集注》卷三十一《南海神廟碑》：『今按：東海神名阿明，南海祝融，西海巨乘，北海禺强，亦見《養生雜書》。』

[八]明案：《藝苑卮言》爲《宛委餘編》之誤，説見前注。

[九]見《宛委餘編》十七。

[十]明案：《正訛編》未見，卷數待考。又：梁蕭統《文選》卷十二輯木玄虚《海賦》：『若其負穢臨深虚、誓愆祈，則有海童邀路、馬銜當蹊。』唐李善注：『陸綏《海賦圖》云：「馬銜，其狀馬首，一角而龍形。」』

河伯[一]　《西溪叢語》[二]：『《唐河侯新祠頌》，春宗[三]撰，云：「河伯姓馮名夷，字公子，潼[四]華陰人也。」章懷《傳注》[五]引《聖賢冢墓記》：「宏農華陰潼鄉隄里人，服藥得水仙，爲聖賢冢墓記。」[六]又引《龍魚河圖》：「姓吕，名公子。夫人姓馮，名夷。」』[七]按：三説稍异，其無據則同。《淮南子》：『馮夷得道。』即河伯也。[八]《太公金匱》[九]：『河伯名馮循。』[十]《太公伏陰謀》[十一]：『名馮修。』《鴻烈解》[十二]：『一名馮遲。』[十三]

[一]河伯：黄河之神。

[二]《西溪叢語》：宋姚寬撰，《四庫全書》本爲三卷，《學津討原》本爲二卷，中華書局孔凡禮點校本亦爲二卷。

[三]春宗：中華書局孔凡禮點校本作『秦宗』。

[四]潼：中華書局孔凡禮點校本「潼」下有「鄉」字。

[五]章懷《傳注》：中華書局孔凡禮點校本《西溪叢語》作「《張衡傳注》」。　明案：章懷，指唐章懷太子李善，《傳注》，指《後漢書·張衡傳》唐李善注。

[六]《後漢書》卷八十九《張衡列傳》輯《思玄賦》「號馮夷俾清津兮，櫂龍舟以濟予」句李善注引《聖賢冢墓記》：「馮夷者，弘農華陰潼鄉隄首里人，服八石，得水仙，爲河伯。」又引《龍魚河圖》：「河伯姓吕，名公子，夫人姓馮，名夷。」

[七]見姚寬《西溪叢語》卷下「河伯姓字里籍」條。

[八]漢劉安《淮南子》卷十一《齊俗訓》：「馮夷得道，以潛大川。」高誘注：「馮夷，河伯也。」

[九]《太公金匱》：兵書，亦爲道家經典，傳爲西周吕尚（姜太公）撰，係「太公三書」之一，原書佚，後世多有引文。

[十]唐段成式《酉陽雜俎·前集》卷十四《諾皋記上》：「河伯，人面乘兩龍，一曰冰夷，一曰馮夷。又曰人面魚身。《金匱》言：一名馮循。」

[十一]《太公伏陰謀》：疑爲《太公陰謀》，西周吕尚撰，亦係「太公三書」之一，原書佚。

[十二]《鴻烈解》：《淮南鴻烈解》之簡稱，即高誘注本《淮南子》之异名。

[十三]馮遲：《淮南子》卷一《原道訓》「昔者，馮夷、大丙之御也」句高誘注：「夷或作遲……古之得道能御陰陽者也。」又《昭明文選》卷三十四輯枚乘《七發》「六駕蛟龍，附從太白」句唐李善注：「《淮南子》曰：『昔馮遲太白之御，入雲霓，游微霧，鶩忽荒。』許慎曰：『馮遲、太白，河伯也。』」　明案：姚按當本許慎説。

炳靈公[一]　《文獻通考》[二]：『後唐長興四年，詔以泰山三郎爲威雄大將軍。[三]宋大中祥符元年加封炳靈公。』[四]　按：并封上通泉爲靈派侯，亭亭山神爲廣禪侯，嶧山神爲靈巖侯。[五]

[一]炳靈公：道教大神，傳爲東岳大帝第三子，又稱炳靈太子。

[二]《文獻通考》：史書，簡稱《通考》，元馬端臨撰，凡三百四十八卷。

[三]馬端臨《文獻通考》卷九十『郊社二十三』：『炳靈公廟在泰山下，後唐長興三年，詔以泰山三郎爲威雄將軍，大中祥符元年十月封禪畢，親幸加封，令兗州增葺祠宇。經度制置使王欽若自言：嘗夢睹神，又於廟北壙建亭，名曰靈感。』

[四]《文獻通考》卷八十三『郊社十六』：『大中祥符元年封禪禮畢，詔加號泰山天齊王爲仁聖天齊王，修飾廟宇，山四面七里內，各禁樵採。又封泰山通泉廟爲靈派侯，亭亭廟爲廣禪侯，鄒縣嶧山廟爲靈巖侯。』

[五]明案：《三教源流搜神大全》卷一『至聖炳靈王』條云：『炳靈者，聖帝第三子也。唐太宗加威雄將軍。至宋太宗，封上吴炳靈公。大中祥符元年二月二十五日，封至聖炳靈王。』又：《道藏》本《搜神記》卷二，明刊《新編連相搜神廣記》前集『至聖炳靈王』條均記其事，文字大同小异。

碧霞元君[一]　《山東考古録》[二]：『世傳碧霞元君爲泰山之女。後之文人知其不經，曲引黄帝遣玉女事以附會之，不知當日褒封固真以泰山女也。封號雖自宋時，而泰山女，西晋前已有之。考《博物志》：「太公爲灌壇令，期年，風不鳴條。文王夢一女哭，問其故，曰：『我泰山神女也，嫁爲西海郎君婦。往婚之期，必有風雨。因灌壇令有聖德，我不敢過。』文王憫之。明日，召太公歸。已而，果有驟雨疾風去者。」泰山女蓋傳於此。』[三]　按：宋崇熙[四]五年，封泰山女曰碧霞元君。

[一]碧霞元君：道教女神，全稱東岳泰山天仙玉女碧霞元君，民間俗稱泰山娘娘、泰山老母等。
[二]《山東考古録》：地方志，清顧炎武撰，《學海類編》輯爲二卷，《龍威秘書》輯爲一卷。
[三]明案：原文見《山東考古録》『考碧霞元君』條，此輯文字多有删改。
[四]明案：崇熙，又作重熙、重和，遼興宗耶律宗真年號。崇熙五年，即宋仁宗景祐三年。又：清顧炎武《日知録》卷二十五：『泰山頂碧霞元君，宋真宗所封，世人多以爲泰山之女。』

江神[一]

《廣雅》[二]：『江神謂之奇相。』[三]

[一]江神：古謂長江之神爲江神，此又指湘江之神。
[二]《廣雅》：訓詁書，三國魏張揖撰，分上、中、下三篇，唐以後傳爲十卷。
[三]張揖《廣雅》卷九上：『江神謂之奇相。』清王念孫《廣雅疏證》：『《史記·封禪書·索隱》引庾仲雍《江記》云：「奇相，帝女也，卒爲江神。」郭璞《江賦》：「奇相得道而宅神，乃協靈爽於湘娥。」義本此。』

九顯靈君[一]　《水經·洛水》注[二]：『嵩麓有九山廟，廟有碑云：「九顯靈君者，太華之元子。」』[三]　按：今稱五顯，疑九顯之誤。

[一]九顯靈君：河南九山（鞏縣西南）山神。
[二]《水經》：地理書，漢桑欽撰，凡四十卷。北魏酈道元注，即今之《水經注》。
[三]酈道元《水經注》卷十五『洛水』：『水出嵩麓桐谿……山際有九山廟，廟前有碑，云：「九顯靈君者，太華之元子陽九，列名號曰九山府君也。」』

東岳[一]　世傳岳之帝，名天齊，或曰與天齊也。顏師古《郊祀志》注[二]謂：『如天之腹齊（臍）。』《風俗通》[三]：『祀岳卒，有夫人之享。』[四]《遁甲開山圖》[五]：『亢父知生，梁父知死。』[六]應劭以爲上有金篋玉策，考知人壽之長短。[七]張華以泰山爲天帝孫，主招人魂魄，[八]而杜光庭《洞天福地紀》[九]則以此爲鬼神之府。凡舉長人、土伯、爛土、雷淵之變相，悉以屬之。《宋會要》[十]：『祥符一年，詔封泰山天齊王，加號仁聖天齊王。』[十一]　按：道書云：『張天翁竊劉天翁之車[十二]以登天，劉翁失治，徘徊五岳作灾。堅患之，以劉翁爲泰山太守，主生死之籍。』[十三]則岳宜是劉也。

[一]東岳：指東岳山神，即泰山大帝。

[二]《郊祀志》：指《漢書·郊祀志》。

[三]《風俗通》：又名《風俗通義》，漢應劭著，後人多引作《風俗通》，原書三十卷、附録一卷，今存十卷。

[四]《後漢書·志第七·祭祀上》唐李善注引《風俗通》（今本無）：『博縣十月祀岱宗，名曰合凍。十二月涸凍，正月解凍。太守潔齋，親自執事，作脯廣一尺，長五寸。既祀訖，取泰山夫人坐前脯三十朐，太守拜章，縣次驛馬，傳送雒陽。』

[五]《遁甲開山圖》：漢代緯書，作者不詳，原書今佚，後世多有輯本。

[六]北魏酈道元《水經注》卷二十四引《（遁甲）開山圖》：『泰山在左，亢父在右。亢父知生，梁父主死。』

[七]漢應劭《風俗通義·正失第二》『封泰山禪梁父』條：『俗説岱宗上有金篋玉策，能知人年壽脩短。』

[八]晋張華《博物志》卷六：『泰山，一曰天孫，言爲天帝孫也，主召人魂魄。東方萬物始成，知人生命之長短。』

[九]《洞天福地紀》：道書，即《洞天福地記》，一作《洞天福地岳瀆名山記》，五代杜光庭撰，凡一卷。

[十]《宋會要》：宋代官修史書，分南北《會要》，原書被焚，後有清徐松《宋會要輯稿》三六六卷存世。明案：姚輯當本《宋會要輯稿》。

[十一]見《宋會要輯稿·禮二二》『宋封禪』。明案：《宋史》卷一百二『禮五』：『真宗封禪畢，加號泰山爲仁聖天齊王，遣職方郎中沈維宗致告。』

[十二]車：姚氏原稿脱，今據唐段成式《酉陽雜俎·前集》卷十四《諸皋記上》文補。

[十三]詳見本書卷一『天』條注[五]。

水府三官[一]

《留青日札》[二]：『今稱水府三官者，起於僞唐保大[三]間。上水府馬

當，中水府採石，下水府金山，皆有王號。宋時因加封爵號祭告。』[四]

[一]水府三官：指源於唐宋間之長江三水府之神。上水府江州馬當，中水府太平州採石，下水府潤州金山。

[二]《留青日札》：筆記，明田藝蘅撰，凡三十九卷。

[三]僞唐：五代南唐，史稱僞唐。保大：南唐李璟年號。

[四]見田藝蘅《留青日札》卷十『三水府』條，文字略异。明案：《宋史》卷一百二『禮五』云：『真宗封禪畢……詔封江州馬當上水府：福善安江王；太平州採石中水府：順聖平江王；潤州金山下水府：昭信泰江王。』又：《宋會要輯稿·禮二一》云：『三水府神者，僞唐保大中封馬當上水府爲廣佑寧江王，採石中水府爲濟遠定江王，金山下水府爲靈肅鎮江王。宋大中祥符二年八月，詔改封上水府爲福善安江王，中水府爲順聖平江王，下水府爲昭信泰江王。』

湘江神[一]　《史記·秦始本紀》[二]：『至湘山祠，逢大風，幾不得渡。上問博士曰：「湘君何神？」對曰：「堯女，舜之妻。」』[三]《路史》[四]：『舜二女，曰霄明，曰燭光，第三妃登比氏所生也。靈照百里，處於湘江爲神，迄今有分風送客之异。』[五]按：二説不甚合，而《離騷》注[六]又稱：『湘君，奇相也；湘夫人，堯女也。』未知孰是。

[一]湘江神：特指舜帝二女，又稱湘君、湘夫人。

[二]《史記·秦始本紀》：全稱《史記·秦始皇本紀》，漢司馬遷撰，全書凡一百三十卷。

[三]明案：《史記》原文爲：『始皇……至湘山祠，逢大風，幾不得渡。上問博士曰：「湘君何神？」博士對曰：「聞之，堯女，舜之妻，而葬此。」於是始皇大怒，使刑徒三千人皆伐湘山樹，赭其山。』唐司馬貞《索隱》：『《列女傳》亦以湘君爲堯女。案：《楚辭·九歌》有湘君、湘夫人。夫人是堯女，則湘君當是舜。今此文以湘君爲堯女，是總而言之。』

[四]《路史》：雜史書，南宋羅泌撰，羅苹注，凡四十七卷。

[五]見羅泌《路史·餘論九》『黄陵湘妃』條，文曰：『岳之黄陵，癸北氏之墓也。湘之二女，虞帝子也。歷世以爲堯女舜妃者，由秦博士之妄對。始癸北氏，虞帝之第三妃。而二女者，癸北氏之出也，一曰宵明，一曰燭光，見諸汲簡皇甫氏之《世紀》，《山海經》言「洞庭之山，帝之二女居之」者也。若《九歌》之湘君、湘夫人，則又洞庭山之神爾。而羅含、度尚之徒，遽斷以為堯之二女，舜之二妃，而以黄陵爲二妃之墓。鄭玄、張華、酈道元輩且謂：大舜南巡，二妃從征，溺死湘江，神游洞庭之山，而出入乎瀟湘之浦。爲是説者，徒見《堯典》有二女之文，即以爲堯之女，而舜之妃，不復致考，厥妄甚矣。郭景純云：堯之二女，舜之二妃，豈應降小水而為夫人？當為天帝之女。斯亦謬者。夫使天帝之女，尤不應降小水而爲夫人。王逸、韓愈從而辨之，得其情矣。且虞帝晚年，亦既退聽而禪禹矣。南狩之舉，總之伯禹，而二妃者，俱過期頤，孰有從狩之事哉？今考皇英之冢，既各它見，則此黄陵顯非二妃之窆，而湘祠决匪堯女之靈，皆昔人之罔説知矣。《山海經》云：「舜之二女，處河大澤，光照百里。」夫大澤者，洞庭之謂。而光照者，威靈之所暨也。訖今湘神所保靈正百里。所謂分風送客者，乃正匝一同之間。然則湘靈爲虞帝之二女，復何疑耶？』

[六]明案：《楚辭》注，即屈原《楚辭》東漢王逸注。王逸作《楚辭章句》，爲《楚辭》注本佳作。姚按此言王逸注，分見《湘君》、《湘夫人》兩篇之注文。

淮水神[一]

《异聞集》[二]：『渦淮水神，名無支祈。』[三]

[一]淮水神：猴形古水神，近人研究以爲係孫悟空之神話原型。

[二]《异聞集》：類書，唐陳翰撰，《新唐書·藝文志》著録爲十卷，今佚，上海商務印書館民國三年版《舊小説》乙集輯爲一卷。

[三]明陶宗儀《南村輟耕録》卷二十九『淮渦神』條：『《异聞集》載《古岳瀆經》：「禹治水，至桐柏山，獲淮渦水神，名曰巫支祈，善應對，辨淮之淺深，源之遠近。而神曰庚辰者，鎖於龜山之足，淮乃安流。唐時有漁者，釣得一古鎖，牽出，其末有如獼猴者，蓋此物也。」《國史補》曰：「楚州漁人於淮中釣得古鐵鎖，刺史李陽大集人力引之。鎖窮，有青獼猴躍出水而逝。」《山海經》：「水獸好爲雲雨，禹鎖於軍山之下，其名無支祈。」』　明案：今本《山海經》無此記載。又：魯迅《唐宋傳奇集》卷三輯唐李公佐《古岳瀆經》云：『（公佐）入靈洞，探仙書。石穴間得《古岳瀆經》第八卷，文字古奇，編次蠹毀，不能解。公佐與焦君共詳讀之：「禹理水，三至桐柏山，驚風走雷，石號木鳴，五伯擁川，天老肅兵，不能興。禹怒，召集百靈，搜命夔龍。桐柏千君長稽首請命。禹因囚鴻蒙氏、章商氏、兜盧氏、犁婁氏。乃獲淮渦水神，名無支祁，善應對言語，辨江淮之淺深，原隰之遠近。形若猿猴，縮鼻高額，青軀白首，金目雪牙。頸伸百尺，力逾九象，搏擊騰踔疾奔，輕利倏忽，聞視不可久。禹授之章律，不能制；授之鳥木由，不能制；授之

庚辰，能制。鴟脾桓木魅水靈山祆石怪，奔號聚繞，以數千載。庚辰以戰逐去。頸鎖大索，鼻穿金鈴，徙淮陰之龜山之足下，俾淮水永安流注海也。庚辰之後，皆圖此形者，免淮濤風雨之難。」』可資參校。

山神　《山齋雜録》：『驕山神名𧌒圍，[一]歧山神名涉𧌒。[二]』

[一]明案：《山齋雜録》文出《山海經·中次八經》，原文爲：『又東北百五十里，曰驕山，其上多玉，其下多青雘，其木多松柏，多桃枝、鉤端。神𧌒圍處之，其狀如人面，羊角虎爪，恒游於睢、漳之淵，出入有光。』清汪紱《山海經存》云：『𧌒音駝。』

[二]明案：《山齋雜録》文出《山海經·中次八經》，原文爲：『又東北百五十里，曰岐山，其陽多赤金，其陰多白珉，其上多金玉，其下多青雘，其木多樗。神涉𧌒處之，其狀人身而方面三足。』又案：『岐』一作『歧』。《山海經》中類似山神尤多，姚氏獨輯此二神，不知何故。

温泉神　《代醉編》：『董彦遠[一]曰：「玄冥之子曰壬夫，娶祝融之女曰丁芊，俱學水仙，是爲温泉之神。」』[二]

[一]董彦遠：即董逌，北宋學人，字彦遠，善考據，有《廣川畫跋》、《廣川書跋》等著作遺世。

[二]明案：《琅琊代醉編》原書未見。唐韓愈《陸渾山火和皇甫湜用其韵》詩（見《朱文公校昌黎先生集》卷四）有『女丁婦壬傳世婚』句，宋方崧卿《韓集舉正》卷二：『董彦遠曰：「當作女丁夫壬。」引《東山少

連》曰：「玄冥之子曰壬夫，祝融氏之女曰丁芊，俱學水仙，是爲温泉之神。」』

巨靈[一]

《三教感通録》[二]：『姓秦，名洪海。』[三]

[一]巨靈：黄河河神。

[二]《三教感通録》：未詳撰者及時代。

[三]清俞樾《茶香室三鈔》卷十九『巨靈名』條引明李日華《紫桃軒集綴》云：『《三教感通録》云：「巨靈，名秦洪海。」』

五鎮神[一]

《唐會典》[二]：『玄宗天寶十載正月二十三日，封東鎮沂山爲東安公，南鎮會稽爲永興公，西鎮吴山爲成德公，中鎮霍山爲應聖公，北鎮醫無閭[四]爲廣寧公。』[五]

[一]五鎮神：隋以後道家所稱五鎮，謂東鎮沂山（山東）、西鎮吴山（陝西）、中鎮霍山（山西）、南鎮會稽山（浙江）、北鎮醫巫閭山（遼寧），列於五岳之外，山神亦爲歷代帝王所封。

[二]《唐會典》：疑爲《唐會要》之誤。《唐會要》，史書，宋王溥撰，凡一百卷。

[三]醫無閭：《唐會要》作『醫巫閭』。

［四］見王溥《唐會要》卷四十七。

中岳［一］ 《事物紀原》［二］：『唐武後垂拱四年，封岳神中天王。通天［三］元年，尊爲皇帝。中宗神龍元年，復爲王。宋真宗祥符四年，加尊中岳中天王爲崇聖中天王，後又加封中天崇聖帝。』［四］

［一］中岳：河南嵩山。
［二］《事物紀原》：宋高承撰，凡十卷。
［三］通天：即萬歲通天，唐武則天年號。
［四］明案：姚氏輯語見高承《事物紀原》卷二『五岳號』條，文字有省略。

衛源神［一］：《一統志》［二］：『隋唐以來，累封威惠王。元加封洪濟威惠王，以水之本名稱之。每歲四月初八，有司致祭。元張恒詩云：「上國風帆快轉輪［三］，石林霧靄護神居。龍吟別浦泉聲細，鳥拂空潭樹影虚。」』［四］

［一］衛源神：即衛河水神，河發源於太行山南麓。
［二］明案：明陳階《日涉編》卷四引本條言出自《天下一統志》，文字幾乎一致，可知此《一統志》爲明成祖永

樂年間官修之《天下一統志》，又名《大明一統志》，凡九十卷。

[三]輸：明陳階《日涉編》卷四引此作『輸』。明案：作『輸』是也，姚氏原稿誤。

[四]明案：明陳階《日涉編》卷四引此文前還有『衛源廟，每歲有司致祭』句，另引《天下一統志》有『衛源廟在衛輝府北門泉上，泉乃衛河之源』句。

岳后[一]　《宋會要》：『真宗大中祥符四年，詔加上東岳淑明后，南岳景明后，西岳肅明后，北岳靖明后，中岳正明后。』[二]

[一]岳后：指五岳大帝之配偶。

[二]明案：《宋會要輯稿·禮二一》『四鎮』：『宋真宗大中祥符……四年十一月九日，……又加號東岳淑明后，西岳肅明后，南岳景明后，北岳靖明后，中岳正明后。』又：《宋史》卷一百二『禮五』云：『真宗封禪畢……又加上五岳帝后號，東曰淑明，南曰景明，西曰肅明，北曰靖明，中曰正明，遣官祭告。』

西岳[一]　《事物紀原》：『唐先天[二]元年，封爲金天王。北岳恒山安天王，南岳衡山司天王。』[三]

[一]西岳：陝西華山。

［二］先天：唐玄宗李隆基年號。

［三］見宋高承《事物紀原》卷二『五岳號』條。明案：北岳恒山『安天王』、南岳衡山『司天王』之封，爲天寶五年正月唐玄宗所爲，非玄宗先天元年事，見《事物紀原》卷二原文。

四瀆［一］

《翰苑群書》［二］：『東瀆大淮廣潤公在泌州，西瀆大河靈源公在河府，北瀆大濟清源公在孟州，南瀆大江廣源公在廣都府。』［三］《宋會要》：『江瀆封廣源順濟王，河瀆靈源宏濟王，淮瀆長源廣濟王，濟瀆清源漢濟王。』［四］按：《搜神記》：『大江祀楚屈原，大河祀漢陳平，大淮祀唐裴説，大濟祀楚伍［五］大夫。』［六］

［一］四瀆：古稱江、河、淮、濟四水爲四瀆。

［二］《翰苑群書》：宋黄遵編，凡十二卷。

［三］見《翰苑群書》卷五『皇帝還歸西都應岳鎮海瀆名山大川及州府靈迹封崇神祠祭告』條。

［四］明案：《宋會要輯稿·禮二一》『岳瀆諸廟』：『仁宗康定元年……加封……江瀆爲廣源王，河瀆爲顯聖靈源王，淮瀆爲長源王，濟瀆爲清源王。』又：《宋史》卷一百二『禮五』文字與《宋會要輯稿》基本相同，并無『順濟』、『宏濟』、『廣濟』、『漢濟』之封號，惟《元史》卷七十六『祭祀五』有此説，文曰：『（元世祖忽必烈）至元二十八年春二月……加封江瀆封廣源順濟王，河瀆靈源弘濟王，淮瀆長源溥濟王，濟瀆清源善濟王。』封號文字偶與姚輯有异。

［五］伍：姚氏原稿作『作』，今據《三教源流搜神大全》文改。

[六]明案：此輯《搜神記》文，非出晋干寶《搜神記》。輯文另見《三教源流搜神大全》卷二「四瀆」條、《道藏》本《搜神記》卷一「四瀆神」條、《新編連相搜神廣記》前集「四瀆」條及《新刻出像增補搜神記》卷一「四瀆之神」條。

卷三　時祀

五方神[一]　《雲笈七籤》：『勾芒，號文始洪崖先生。祝融，號赤精成子。蓐收，號夏里黃公。禺彊，號冥玄子昌。』[二]

[一]五方神：指東、西、南、北、中五方天帝之輔佐神。

[二]見宋張君房《雲笈七籤》卷十八引《老子中經上》，原文爲：『東方之神名曰勾芒子，號曰文始洪崖先生……南方之神名曰祝融子，號曰赤精成子……西方之神名曰蓐收子，號曰夏里黃公……北方之神名曰禺彊子，號曰冥玄子昌。』明案：漢劉安《淮南子》卷三《天文訓》云：『東方木也，其帝太皞，其佐句芒，執規而治春……南方火也，其帝炎帝，其佐朱明，執衡而治夏……中央土也，其帝黃帝，其佐后土，執繩而制四方……西方金也，其帝少昊，其佐蓐收，執矩而治秋……北方水也，其帝顓頊，其佐玄冥，執權而治冬。』

城隍[一]　《困學紀聞》[二]：『北齊慕容氏鎮郢城。城有祠，號城隍。此城隍始見於史。』[三]《南史》[四]：『邵陵王祭城隍，將烹牛，有赤蛇自牛口出。』[五]唐陽冰[六]《縉雲縣城隍碑記》[七]曰：『城隍，祀典所無，蓋起於吴越，水旱必禱。』按：城隍神，於古無考。其神號，明洪武初，詔封府城隍爲監察司民威靈公，秩二品；縣城隍爲監察司民顯佑伯，秩四品。[八]而州縣均祀者，不知始於何代。毛西河[九]以今之城隍，古之方亓也；今之穀神土地，古之土亓也[十]，甚確。

[一]城隍：古代城市保護神，各城神名不同，官職序品亦不同。

[二]《困學紀聞》：南宋王應麟撰，清翁元圻等注，凡二十卷。

[三]見《困學紀聞》卷二十『雜識』條王應麟按。

[四]《南史》：史書，二十四史之一，唐朝李延壽撰，凡八十卷。

[五]邵陵王：梁武帝第六子蕭綸。輯文見《南史》卷五十三『梁武帝諸子』，文曰：『大寶元年，綸至郢州……而數有變怪，祭城隍神，將烹牛，有赤蛇繞牛口出。』

[六]唐陽冰：指唐李陽冰，文學家、書法家，有《草堂集》等著作遺世。

[七]《縉雲縣城隍碑記》：唐李陽冰撰，宋姚鉉纂《唐文粹》卷七十一收録，題作《縉雲縣城隍神記》，原文爲：『城隍神，祀典無之，吴越有之風俗，水旱疾疫必禱焉。』

[八]明案：《明史》卷四十九『禮三』：『洪武二年……乃命加以封爵：京都爲承天監國司民昇福明靈王，開封、臨濠、太平、滁州皆封爲王。其餘府爲監察司民城隍威靈公，秩正二品。州爲監察司民城隍靈佑侯，秩三品。縣爲監察司民城隍顯佑伯，秩四品。』

[九]毛西河：即清初毛奇齡，字大可，號西河，世稱西河先生，文學家，有《西河合集》四百九十三卷遺世。

[十]見毛奇齡《西河集》卷七十《方亓神應記》，原文爲：『古有方亓，今之城隍是也。有土亓，今之土穀是也。』

五行神[一]　《廣雅》：『土神謂之羵羊。水神謂之四象[二]。木神謂之畢方。火神謂之游光。金神謂之清明。』[三]《埤雅》[四]：『游光、畢方，火神也。清明，金神也。沐腫，水神也。彭侯、雲陽，木精也。羵羊、賈詘，土精也。』[五]　按：二説又不同。

[一]五行神：道家方士所謂金、木、水、火、土五行之神。

[二]明案：四象，清王念孫《廣雅疏證》卷九上作『罔象』，《國語・魯語下》、《淮南子・氾論訓》均作『罔象』。

[三]見張揖《廣雅》卷九上『釋天』。

[四]《埤雅》：訓詁書，宋陸佃撰，凡二十卷。

[五]明案：未見今本《埤雅》，惟見明朱謀瑋《駢雅》卷五上，文曰：『游光、回禄、畢方，火神也。清明，金神也。沐腫、罔象，水神也。彭侯、雲陽，木精也。羵羊、賈詘，土精也。』此或姚氏誤録書名。

歲神[一]　《餘冬序録》[二]：『國初肇祀太歲，禮官雜議，因及陰陽家説，十二月將、十二時所值神名，謂非經見，唐宋不載於祀典。惟元時每有大興作，祭太歲、月將、日直於太史院。太祖乃定祭於山川壇之正殿，而以春夏秋冬四時月將，分祀兩廡。』[三] 按：《論衡・難歲篇》：『工技之說，移徙抵太歲，凶；負太歲，亦凶。』[四]太歲之有禁忌久矣，其祀典定於明代。又按：時俗及道流云：『歲君姓殷，名郊。』[五]亦信《演義》之說，甚爲荒誕。

[一]歲神：歲月之神，亦稱太歲、太歲爺。
[二]《餘冬序録》：明何孟春撰，凡六十五卷。
[三]見清翟灝《通俗編》卷十九『太歲』條引《餘冬序録》，原文見何孟春《餘冬序録》卷三『外編』。
[四]《論衡》：東漢王充撰，凡三十卷，《難歲篇》見是書卷二十四，輯文爲原文縮寫。
[五]見《三教源流搜神大全》卷五『太歲殷元帥』條。

火神[一] 《漢書・五行志》：『帝嚳時有祝融，堯時有閼伯氏，民賴其德，死則以爲火祖。』[二] 按：近稱火神或謂炎帝，或謂祝融，或謂天上熒惑星，似無定神。愚意報日用者，宜祀燧人、炎帝、祝融；禳災害者，宜祀熒惑、回禄。今人不報日用之德，一遭灾害即禳於祝融，不兩失之耶？又見杜預《左傳》注：『回禄，火神名。』[三]而遭火者每云回禄，亦習矣而不察也。

［一］火神：原始神話人物，爲火之發明者，史上有多人被祀以爲火神，姓名不一。

［二］見《漢書》卷二十七上『五行志第七上』。

［三］見《左傳・昭公十八年》『禳火於玄冥、回禄』句晋杜預注。

竈神［一］

《淮南子・氾論訓》：『炎帝作火，死而爲竈。』《周禮》注［二］：『顓頊氏有子曰黎，祀爲竈神。』［三］《莊子・達生篇》：『竈有髻。』司馬彪注云：『髻，竈神名，著赤衣，狀如美女。』《五經通義》［四］：『竈神姓蘇，名吉利。或云姓張，名單（一作卓），字子郭。其夫人姓王，名摶頰，字卿忌。』［五］《酉陽雜俎》：『神名隗，一名壤，有六女，皆名察洽。其屬神有天帝嬌孫、天帝大夫、硎上童子、突上紫官。』［六］按：祀竈，古禮有之，未可妄議。其姓名，今俗或稱君，或稱師，或稱王。然《戰國策》云：『復塗偵謂衛君曰：「臣昔日夢見竈君。」』［七］則知以君稱竈者甚古。今道家稱爲東厨司命，大誤。考《祭法》［八］：『社有司命』，屈子［九］有《大司命》、《少司命》，則竈神之非司命明矣。

［一］竈神：亦稱竈君、竈王、竈王菩薩等。祭竈之俗，先秦有之。

［二］《周禮》注：指《周禮》漢鄭玄注。

［三］見《周禮・大宗伯》鄭玄注，文曰：『顓頊氏之子曰黎，爲祝融、后土，食於火土。』　明案：東漢許慎

《五經异義》卷上『竈神』條：『古《周禮》説，顓頊氏有子曰黎，爲祝融，祀以爲竈神。』

[四]《五經通義》：東漢許慎撰，原書今佚，後世有引文見諸典籍。另漢劉向亦撰《五經通義》八卷，原書亦佚，今有多種輯本，爲一卷。

[五]清翟灝《通俗編》卷十九『竈神』條引許慎《五經通義》：『竈神姓蘇，名吉利。或云姓張，名單，字子郭。其婦姓王，名搏頰，字卿忌。』

[六]見唐段成式《酉陽雜俎·前集》卷十四《諾皋記上》。明案：姚輯中『名壞』，《酉陽雜俎》作『名壤』；姚輯中『突上紫官』，《酉陽雜俎》作『突上紫宫』。

[七]見《戰國策》卷二十《趙策三》『衛靈公近雍疸、彌子瑕章』條，原文爲：『復塗偵謂君曰：「昔日臣夢見君。」君曰：「子何夢？」曰：「夢見竈君。」』

[八]《祭法》：《禮記》篇名，見《禮記》第二十三。

[九]屈子：即楚大夫屈原。下文《大司命》、《小司命》均爲屈原《楚辭·九歌》之篇名。

井泉童子[一]

《酉陽雜俎》：『井鬼名瓊。』[二]

[一]井泉童子：井神，又稱井鬼。

[二]見唐段成式《酉陽雜俎·前集》卷十四《諾皋記上》。

門神[一]

《楓窗小牘》[二]：『靖康以前，汴中門神多翻樣，戴虎頭盔，而王公之門，至以渾金飾之。』[三]《月令廣義》：『近畫門神爲將軍，朝官諸式，復加爵，鹿、蝠、蟢、寶馬、瓶鞍等狀，皆取美名，以迎祥祉。』[四]　按：門户之祀，古禮有之。道書載：『左曰門丞，右曰户尉』[五]，終不知其所昉，亦不知爲何姓名，惟《風俗通》云：『上古之時，有兄弟二人，曰神荼、鬱壘，用度朔上桃樹以制百鬼。』[六]然則門神，其神荼、鬱壘之遺意云。　又按：《春明退朝録》：『嘉祐初，仁宗夢至大野，迷道，左右侍衛不見，復而既遥望天際，有旛幢車騎乘雲而至，護送帝至宫闕。帝問：「何人？」答曰：「葛將軍也。」令宫觀設像供事之。』[七]

[一]門神：史上傳説紛紜，有謂上古神荼、鬱壘者，有謂鍾馗者，有謂秦瓊、尉遲恭者，各地不一。

[二]《楓窗小牘》：宋袁褧撰，子袁頤續，凡二卷。

[三]明案：見袁褧《楓窗小牘》卷下，文字略异。

[四]見明馮應京《月令廣義》卷二十『十二月令』。

[五]馮應京《月令廣義·十二月令》『門神』條：『道家謂門神，左曰門丞，右曰户尉，蓋司門之神。』

[六]明案：見漢應劭《風俗通·祀典》引《黄帝書》，原文爲：『上古之時，有荼與鬱壘昆弟二人，性能執鬼，度朔上立桃樹下，簡閲百鬼。無道理，妄爲人禍害，荼與鬱壘縛以葦索，執以食虎。』

[七]見本書卷一『天門守衛』條注[四]。

蠶神 《原化傳拾遺》[一]：『蠶女當高辛時，舊迹在蜀廣漢，不知姓氏。』[二]《七修類稿》：『所謂馬頭娘者，本荀子《蠶賦》「身女子而馬首」一語附會。荀子嘗爲蘭陵王，後世遂訛爲馬明王也。』[三] 按：《皇圖要覽》[四]：『伏戲氏化蠶爲絲，黄帝元妃西陵氏始養蠶。』[五]《舊漢儀》[六]：『今蠶神曰菀窳婦人、寓氏公主，凡二人。』[七]故神皆作女像，其來已久。

[一]《原化傳拾遺》：一作《原化拾遺傳》，唐孫顔撰，原書今佚。
[二]見清翟灝《通俗編》卷十九『馬明王』條引《原化傳拾遺》。
[三]見明郎瑛《七修類稿》卷十九『蠶』條。
[四]《皇圖要覽》：撰者未詳，宋人多有引用，原書今佚，明胡文焕輯有《皇圖要覽》十卷。
[五]明案：宋羅泌《路史·後紀》卷十四羅苹注、明董斯張《廣博物志》卷五十同引《皇圖要覽》，文爲：『伏羲化蠶，西陵氏始養』，與姚輯略异。
[六]《舊漢儀》：通作《漢舊儀》，亦名《漢官舊儀》，東漢衛宏撰，原書四卷，今佚，清孫星衍輯《漢官六種》存二卷，補遺二卷。
[七]孫星衍輯本《漢舊儀》卷下：『祠以中牢羊豕，祭蠶神曰菀窳婦人、寓氏公主，凡二神。』

土地[一] 《孝經緯》[二]：『社者，土地之神。土地闊，不可盡祭，故封土爲社，以報功也。』[三]杜預《左傳》注[四]：『社爲上公之神，故曰社公。』[五]按：今凡社神，俱稱土地，惟塋旁所祀稱后土。邱濬《家禮儀節》[六]曰：『温公《書儀》[七]本《開元禮》[八]，《家禮》[九]本《書儀》。其喪禮，開塋域及窆與墓祭，俱祀后土。』[十]后土之稱，對皇天也，士庶家有似乎僭。《文公集》[十一]有《祀土地文》，今擬改后土氏亦爲土地之神方妥。

[一]土地：即社神，民間稱爲土地公公、土地老爺等。

[二]《孝經緯》：一作《孝經讖》，又作《孝經説》，漢代緯書，撰者佚名。

[三]明案：此句《太平御覽》卷五三二言引自《孝經説》，文字略异。清翟灝《通俗編》卷十九引作《孝經緯》，文同。

[四]杜預《左傳》注：杜預，西晋人，撰《春秋左氏經傳集解》三十卷，爲《左傳》注解經典，史稱『《左傳》杜預注』。

[五]明案：此句非杜注原文。《左傳·昭公十七年》：『諸侯用幣於社。』杜預注：『請上公。』唐孔穎達《正義》：『《（昭公）二十九年》傳曰：「封爲上公，祀爲貴神。社稷五祀，是尊是奉。」是社爲上公之神，尊於諸侯，故諸侯用幣於社，請上公。』

[六]邱濬《家禮儀節》：邱濬，一名邱浚，字仲深、瓊山，謚文莊，明文淵閣大學士。《家禮儀節》即邱濬所撰，又名《邱文莊家禮儀節》，凡八卷。

[七]温公《書儀》：温公，指宋司馬光，卒獲贈温國公，簡稱温公；《書儀》爲司馬光所撰，凡十卷。

[八]《開元禮》：即《大唐開元禮》，史書，唐開元間蕭嵩等奉旨官修，凡一百五十卷。

[九]《家禮》：即宋朱熹撰《朱子家禮》之簡稱，今本凡五卷。

[十]見《邱文莊家禮儀節》卷六『祠后土』條。

[十一]《文公集》：指《朱文公集》，即《晦庵先生朱文公文集》，亦名《朱子大全》，南宋朱熹撰，凡一百卷，《續集》十一卷，《別集》十卷，該書録有《祀土地文》多篇。

六十花甲[一]

《臨爐機要》[二]：『甲子元光，乙丑邴鄣，丙寅劍昌，丁卯子方，戊辰生進，己巳付弁，庚午紫方，辛未響父，壬申石嵩，癸酉倚迢，甲戌申光，乙亥玩進，丙子流霞，丁丑王眸，戊寅却心，己卯那尼，庚辰耳子，辛巳元聲，壬午郡立，癸未歷厨，甲申琅邪，乙酉立之，丙戌鼓龍生，丁亥耶查，戊子證方，己丑肯都，庚寅岑頑，辛卯棘心，壬辰契刻，癸巳背方，甲午麻角，乙未扶嚮，丙申石公，丁酉進鄉，戊戌九口，己亥紈高，庚子朱夫人，辛丑李方，壬寅遞秖，癸卯羅御，甲辰却催，乙巳索良，丙午壘穴，丁未挺濃，戊申寅午，己酉健木，庚戌載劫，辛亥總失，壬子安去，癸丑道子，甲寅唱適，乙卯別狀，丙辰夫陰，丁巳天雄，戊午天賣，己未退遵，庚申惹來，辛酉義呼，壬戌高迪，癸亥奉子。』[三] 按：此乃堪輿家之説，并無確據。

[一]六十花甲：道家、堪輿家謂天干、地支相配六十甲子各有神主。

[二]《臨爐機要》：宋丘江山撰，凡三卷，明胡文焕《格致叢書》收録。

[三]明案：此輯六十花甲神名，與《正統道藏》洞神部戒律類《女青鬼律》所載『六十甲子直煞逆鬼』名稱大體相同。

卷四　方祀

百蟲將軍[一]　《水經注》：『偃師九山有百蟲將軍顯靈碑。將軍姓伊氏，諱益，字隤敳，帝高陽之第二子伯益也。』[二]

[一]百蟲將軍：謂禹臣伯益。古傳其善馴百獸，故稱百蟲將軍。

[二]見北魏酈道元《水經注》卷十五『洛水』注。　明案：清顧炎武《日知録》卷二十五『巫咸』條：『伯益，古賢臣也，而世有百蟲將軍之號。』

二郎神[一]　《朱子語録》[二]：『蜀中灌口二郎廟，當時李冰開離堆有功立。今來現許多靈怪，乃是他第二個兒子。初間封王，後來徽宗好道，謂他是甚麽真君，遂改封真君。向張魏公用兵，禱其廟，夜夢神語云：「我向爲王，有血食之奉，故威福得行。今爲真君，號雖尊，凡祭我以素食，故無威福，須封我爲王。」魏公遂乞復其封。』[三]《元史·文宗本紀》[四]：『封秦時蜀郡太守李冰爲英惠王，其子二郎爲仁祐王。』[五]

按：《成都志》[六]：『冰爲郡守，時化牛形，入水戮蛟，鬥不勝，見夢於其子。子乃入水，助父殺蛟。』而俗説因《演義》[七]之謬，遂誤是神爲楊戩。觀此三説，自然明白。道書載：神六月二十八日誕。不知冰之子歟？抑戩歟？[八]

[一]二郎神：道教俗神，一説爲蜀守李冰之子，一説爲隋末趙昱，一説爲明清演義小説中楊戩。

[二]《朱子語録》：南宋李道傳編，凡四十三卷。後景定四年黎靖德增編一百四十卷《朱子語類大全》，即今《朱子語類》。

[三]明案：見《朱子語類》卷三『鬼神』，文有縮略。

[四]《元史》：史書，二十四史之一，明宋濂、王祎撰，凡二百一十卷。

[五]見《元史》卷三十四《文宗本紀》，原文爲：『至順元年春正月……加封秦蜀郡太守李冰爲聖德廣裕英惠王，其子二郎神爲英烈昭惠靈聖仁祐王。』

[六]《成都志》：未知撰者及時代。　明案：《太平廣記》卷二九一『李冰』條引《成都記》言及李冰鬥蛟，文曰：『李冰爲蜀郡守，有蛟歲暴，漂墊相望。冰乃入水戮蛟，已爲牛形。江神龍躍，冰不勝，及出，選卒之勇者數百，持强弓大箭。約曰：「吾前者爲牛，今江神必亦爲牛矣。我以太白練自束以辨，汝當殺其無記者。」遂吼呼而入。須臾雷風大起，天地一色。稍定，有二牛鬥於上，公練甚長白。武士乃齊射其神，遂斃。從此，蜀人不復爲水所病。至今大浪沖濤，欲及公之祠，皆彌彌而去。故春冬設有鬥牛之戲，未必不由此也。』　又案：明董斯張《廣博物志》卷四十九引此文字基本相同，但言引自《成都志》，可知二者或同爲一書。

[七]《演義》：指明許仲琳《封神演義》，書中楊戩取代趙昱成爲二郎神，手眼通天，法力無邊，民間影響甚大。

[八]明案：姚氏此條未言及趙昱，《道藏》本《搜神記》卷三『灌口二郎神』條：『二郎神者，姓趙名昱，從道士李珏隱青城山。隋煬帝知其賢，起爲嘉州太守。郡左有冷源二河，内有老蛟爲害，春夏水漲，漂渰傷民。昱大怒，特設舟船，率壯士及居民夾江鼓噪。昱持刃入水，有頃，其水赤，石崖奔吼如雷。昱右手持刃，左手持蛟首，奮波而出。時有佐昱入水者七人，即七聖是也。隋末世亂，棄官隱去，不知所終。後江水漲溢，蜀人見昱於青霧中，感其德，立廟於灌江口奉祀焉。』文且注明『六月二十六日生』，可補姚輯之不足。

祠山張大帝[一]

《能改齋漫録》[二]：『張本前漢烏程横山人，始於長興順靈鄉發迹，役陰兵道流，欲抵廣德。先時與夫人李氏期，每餉必鳴鼓三聲，當自至，毋令夫人至開河所。後鼓爲烏啄，王詣壇，知其誤。逡巡，夫人鳴鼓，亦疑爲誤而不至。夫人詣河所，見王爲大猪，驅陰兵開鑿河瀆。王變形未及，耻之，遂避迹於横山之頂。居民思之，因立廟於山西南隅。夫人至縣東二里而化，人亦爲立廟。』[三]《留青日札》：『昔武當人張秉遇仙女，謂曰：「帝以君功在吴分，故遣我爲配，生子以王其地。」且約逾年再會。至期，女抱子歸秉，名渤，後爲祠山神也。』[四]《田家雜占》[五]：『二月八日爲大帝生辰，前後必有風雨，俗號接客風、送客雨，極有驗。』[六] 按：前説則神以有功於民而享，後説則神即真武，從游之張大帝似乎是祠山神，並録以俟博雅。

[一]祠山張大帝：民間俗神，爲釋、道兩家所祀。

[二]《能改齋漫録》：南宋吴曾撰，原書毁，明人輯爲十八卷，今中華書局有點校本。

[三]明案：見《能改齋漫録》卷十八『廣德王開河爲猪形』條，文字略异。

[四]見明田藝蘅《留青日札》卷二十八『祠山張大帝』條。

[五]《田家雜占》：明婁元禮撰，原名《田家五行》，因有『雜占』篇，故或作《田家雜占》，明陶宗儀《説郛續》輯爲一卷。

[六]見《説郛續》輯《田家五行》『論氣候』條，文字略异。

水草大王[一]

《同話録》[二]：『世傳水草大王爲金日磾。』[三]　按：《五代史補》[四]：『魏博使者自恃少年，誚鳳翔使者之陋，稱曰水草大王。醜者曰：「兄貌美，得非水草大王之夫人？」』[五]則水草大王之名由來已久，而指爲日磾者，不知何據？

[一]水草大王：北方民間俗神，又稱馬王或水草馬王爺，是爲畜牧業所祀之馬神。

[二]《同話録》：宋曾三异撰，凡一卷。明陶宗儀《説郛》有輯。

[三]見陶宗儀《説郛》（宛委山堂本）卷二十三輯曾三异《同話録》『官職』條。　明案：『磾』，《説郛》本作『彈』。金日磾，字翁叔，漢武帝時匈奴休屠王太子。武帝因獲休屠王貢祭天金人，故賜其姓金，見北魏崔鴻《十六國春秋·前秦録》。

[四]《五代史補》：北宋陶岳撰，凡五卷。

［五］明案：見陶岳《五代史補》卷四『李中令好戲』條，文有縮略。

關壯穆［一］　《雲溪友議》［二］：『荆州玉泉祠有關三郎廟，緇流不敬則大掌痕見於面。』［三］李燾《長編》［四］：『宋乾德元年，帝幸武成王廟，兩廡所畫名將乃黜，關公、白起、周亞夫諸以其不善終也。』［五］　按：姜西溟［六］言：王神始於唐貞元十八年，爲玉泉寺伽藍，董侹爲記。［七］又元文宗三年封顯靈。永樂北征斡難河，見神前驅如關公狀，乃製崇祀，至萬曆間而封帝。俗又傳壯穆無子，考《歲寒堂集》［八］稱侯祖名審，字聞之；父名毅，字道遠，俱以《春秋》傳家。娶胡氏，以光和元年生子平。時侯殺豪佑、吕熊等七人。事覺，胡氏抱平避母家以免。則是秉燭達旦，讀祖父之書。亦明有適子也。

［一］關壯穆：一作關壯繆，即三國蜀大將關羽，死後追謚壯繆侯，民間祀爲戰神。

［二］《雲溪友議》：筆記小説集，唐范攄撰，凡三卷。

［三］明案：見范攄《雲溪友議》卷上『玉泉祠』條，原文叙關羽神迹甚詳，云：『蜀前將軍關羽守荆州，夢猪嚙足，自知不祥，語其子曰：「吾衰暮矣。是若征吴，必不還爾。」果爲吴將吕蒙麾下所殛，蜀遂亡荆州。今吴楚之俗，夢半猪者，乃書其屋柱而禳之。玉泉祠，天下謂四絶之境。或言此祠鬼興土木之功而樹，祠曰「三郎神」。三郎，即關三郎也。允敬者，則仿佛似睹之。緇俗居者，外户不閉，財帛縱横，莫敢盗者。厨中或先嘗食者，頃刻大掌痕出其面，歷旬愈明。』

[四]李燾《長編》：即南宋李燾纂《續資治通鑑長編》之簡稱，原爲一千零六十三卷，今存五百二十卷。

[五]明案：見李燾《續資治通鑑長編》卷四，原文爲：『（宋太祖乾德初）上幸武成王廟，歷觀兩廊所畫名將……乃詔吏部尚書張昭、工部尚書竇儀與錫別加裁定，取功業始終無瑕者……退魏吴起，齊孫臏，趙廉頗，漢韓信、彭越、周亞夫，後漢段紀明，魏鄧艾，晉陶侃，蜀關羽、張飛，晉杜元凱，北齊慕容紹宗，梁王僧辯，陳吴明徹，隋楊素、賀若弼、史萬歲，唐李光弼、王孝杰、張齊丘、郭元振凡二十二人。』

[六]姜西溟：即明末清初姜宸英。姜宸英字西溟，號湛園，又號葦間，有《湛園集》等存世，著述頗豐。

[七]見姜宸英《湛園集》卷七《漢壽亭侯關公遺像贊并序》。

[八]《歲寒堂集》：明末清初喬邁撰，稿本未刊行。

玄壇[一]

世傳神姓趙，名朗，字公明，子龍從兄弟。[二]《搜神記》[三]：『帥終南山人，自秦時避世山中，精修至道。功成，奉玉帝旨，召爲神雷[四]副帥。天師飛昇之後，永鎮龍虎名山。』[五]

[一]玄壇：道家稱呼，指趙公明，又稱趙玄壇、趙公元帥，爲民間所祀財神。

[二]子龍從兄弟：子龍，即三國大將趙雲。　明案：趙雲，字子龍，號常山趙子龍。從兄弟：同宗兄弟。雍正《浙江通志》卷二百十九『祠祀三』記：『玄壇廟，舊《嘉興府志》：「在嘉興縣王家坊，神姓趙，名朗，字公明，趙子龍從兄弟也。明萬曆辛亥工部郎中陸基恕建。」』

[三]《搜神記》：不著撰者姓名、年代，學界認爲編纂於元、明時期，與晉干寶《搜神記》同名，文字迥异，《道

藏》、《續道藏》輯爲六卷。

[四]雷：《道藏》本《搜神記》作『霄』。

[五]見《道藏》本《搜神記》卷四『趙元帥』條。明案：晉干寶《搜神記》卷五有『上帝以三將軍趙公明、鍾士季，各督數鬼下取人』句，知趙公明神話自晉時已有流傳。

蘇驃騎[一]　《嘉興府志》：『神名舉，字子羽。宋高祖嘗夢其神，因贈平南大將軍。』[二]　按：蘇乃晉驃騎將軍，封烏程侯。

[一]蘇驃騎：浙江海鹽民間祭祀之俗神。

[二]明案：見明萬曆《嘉興府志》卷三『壇宇』條，原文爲：『蘇驃騎廟在治西。《舊經》云：「神名舉，晉驃騎將軍，封烏程侯，卒葬金牛山北。劉宋高祖嘗夢其神，贈平南大將軍。」』

文昌[一]　《明一統志》[二]：『梓潼神姓張，名亞，字惡子[三]。其先越巂人，徙居梓潼縣之七曲山。自秦伐蜀，世著靈异。宋建炎以來，累封仁文聖武孝德忠文[四]王。』[五]《後秦録》[六]：『姚萇至梓潼，見一神人謂之曰：「君早還秦。秦無主，其在君乎？」萇請問姓名，曰：「張惡子也。」及萇稱帝，即其地立張相公廟祀之。』[七]《宛委餘編》：『文昌，黄帝之子，名軍，始造弦，再攝醫官，服事周公，投胎於張無忌家，生仲，爲周幽王所酖。』[八]《通俗編》[九]引《蜀志·秦宓傳》[十]：『蜀本無學士，文翁遣相如東授七經，還教吏民。於是蜀學比於齊魯。』蓋因學官文翁脩起，而漢武因之，故以文翁爲文昌纔允。[十一]按此四說，則梓潼與文昌明是兩神，不可强合。大抵梓潼神即張惡子，如祠山張大帝、金龍四大王之類，廟食其地。觀李義山[十二]詩『如意贈姚萇』之句，未聞主文字，則宋時錫典亦不察也，惟《巖下放言》[十三]載英顯王張惡子廟諸神擬《來歲狀元賦》之事[十四]，洵如宛委之說，與道家一十七世爲士大夫合，然轉世未可據信。洵如通俗之說，不免曲解。然則文昌，即古之司命。自佛老之言興，而先王祀典潛爲改易。況北斗之旁，明有文昌六星，曰上將、次將、貴相、司命、司中、司禄。愚意：文昌，星也，非神也；梓潼，神也，非司文柄也。張仲文翁，我不敢信也。

[一]文昌：即文昌星，又名文昌神，道家及民間信仰祀爲文運功名之神，又稱文昌大帝、文昌星君，或稱梓潼帝君等。
[二]《明一統志》：地理書，原名《大明一統志》，明李賢、彭時等奉敕編撰，凡九十卷。
[三]明案：『神姓張，名亞，字惡子』句，《四庫全書》本《明一統志》作『神姓張，諱亞子』，無字號。清翟灝《通俗編》卷十九『文昌梓潼君』條引《明一統志》作『梓潼神姓張，名亞，字惡子』，與姚引相同，兩者引文『字惡子』不見今本《明一統志》。
[四]文：《四庫全書》本《明一統志》作『仁』。

[五]見《明一統志》卷六十八『靈應廟』條。

[六]《後秦録》：篇名，爲北魏崔鴻撰《十六國春秋》之一篇。《十六國春秋》原書凡一百卷，北宋時散佚，僅存二十餘卷，後世多有輯本。清湯球輯有《十六國春秋輯補》一百卷流行於世。

[七]明案：見清湯球《十六國春秋輯補》卷五十《後秦録二》，文有縮略。

[八]明案：亦見清袁枚《隨園隨筆》卷十八『學宫祀文昌魁星之訛』條引《宛委餘編》。清趙翼《陔餘叢考》卷三五『文昌神』條云：『今世文昌祠所祀梓潼帝君，王弇州《宛委餘編》謂即陷河神張惡子，而引其所著《化書》，謂本黄帝子，名揮，始造弦張羅網，因以張爲氏。周時爲山陰張氏子，以醫術事周公，卒，托生於張無忌妻黄氏，爲遺腹子，《詩》所稱「張仲孝友」者也。以直諫爲幽王所酖，魂游雪山，治蜀有功。五丁拔山，蛇壓死，蛇即其所化也。』可資參閲。

[九]《通俗編》：筆記，清翟灝撰，凡三十八卷。

[十]《蜀志·秦宓傳》：即《三國志·蜀書·秦宓傳》，西晋陳壽撰。《蜀書》，史家習稱《蜀志》。

[十一]明案：『齊魯』以下文字係《通俗編》卷十九翟灝叙文，由姚氏簡輯而成。

[十二]李義山：即李商隱，字義山，唐代著名詩人。

[十三]《巖下放言》：南宋葉夢得撰，凡三卷。

[十四]明案：今本《巖下放言》未見此事記載，然宋袁申儒《蜀道征討比事》（涵芬樓本《説郛》卷三十輯）『來歲狀元賦』條云：『祥符中，西蜀有二人，學同硯席，既得舉，貧甚，干索旁郡，乃能辦行。已迫歲，始發鄉里，懼引保後時，窮日夜以行。至劍門張惡子廟，號英顯王，其靈響震三川，過者必禱焉。二子過廟已昏晚，大風雪，苦寒不可夜行。遂禱於神，各占其得失，且祈夢爲信。草草就廟廡下席地而寢。入夜……忽一神曰：「帝命吾儕作《來歲狀元賦》，當議題。」一神曰：「以《鑄鼎象物》爲題。」既而諸神

皆賦一韵，且各删潤雕改商確，又久之，遂畢，朗然誦之曰：「當召作狀元者魂魄授之。」二子默然，私相謂曰：「此正爲吾二人發。」迨將曉，見神各起，致别傳呼，出廟而去。視廟中，寂然如故。』姚按即指此事。

楊將軍[一]　《嘉興府志》：『名字、世次莫考，嘗入井斬妖蜃，出化爲神。』[二]

按：《浙江通志》：『梁乾化中，將軍守城，城陷，赴井死，其井大旱不竭。』[三]則其梁時人可知。

[一]楊將軍：浙江嘉興民間祭祀之俗神。

[二]明案：明萬曆《嘉興府志》卷三云：『楊將軍廟，在治北一里。』又卷四云：『楊將軍井，在治西北二百步。世傳將軍嘗從井入，斬蛟而出，立化爲神。鄉人立廟祠之。』又：清光緒《嘉興府志》卷十引《吴志》：『名字、世次莫考，嘗入井斬妖蜃，出化爲神。』或即姚輯所本。

[三]明案：見清雍正《浙江通志》卷二百十九『楊將軍廟』條引張寧《楊將軍廟碑》，文曰：『嘉興縣西北五十步，有旌烈楊將軍廟，梁乾化中創建。將軍爲守將，時城陷不屈，赴井死，今地故有井，歲旱汲不竭。必其生有捍禦功於民，又能死事，故立廟以祀。』

神勇將軍[一]　《龍城録》[二]：『將軍姓趙，名昱，字仲明。隋末，煬帝知其賢，征召不起，督讓益州太守臧牋强起。昱至京師，煬帝縻以上爵不就，獨乞爲蜀中太守，帝從之，拜嘉州太守。時犍爲潭中有老蛟爲害日久，截没舟船，蜀江人患之。昱蒞政五月，有小吏告昱，會使人往，青城山置藥渡江溺死者甚衆，[三]没舟航七百艘。昱大怒，率甲士千人及州屬男[四]萬人，夾江岸鼓噪，聲震大地。昱乃持刀没水，頃之，江水盡赤，石巖半崩，吼聲如雷。昱左手執蛟首，右手持刀，奮波而出。州人頂戴，事爲神明。隋末大亂，潛以隱去，不知所終。時嘉陵漲溢，水勢洶然，蜀人思昱，頃之，見青[五]霧中騎白馬，從數獵者，見於波面，揚鞭而過。州人争呼之，遂吞怒。眉山太守薦章，太宗文皇帝賜封神勇大將軍，廟食灌江口。歲時，民疾病禱之無不應。上皇幸蜀，加封赤城王，又封顯應侯。昱斬蛟時年二十六。』[六]按：宋真宗朝，益州大亂。帝遣張乖崖入蜀治之，詣祠下求助於神。既克，奏請封清源妙道真君。[七]

[一]神勇將軍：即灌口二郎神趙昱。參見前『二郎神』條。
[二]《龍城録》：筆記小説，又稱《河東先生龍城録》，唐柳宗元撰，有二卷本及一卷本存世。
[三]甚衆：《説郛》（宛委山堂本）輯《龍城録》無。
[四]《説郛》（宛委山堂本）輯《龍城録》『男』上有『一』字。
[五]《説郛》（宛委山堂本）輯《龍城録》『青』上有『昱』字。
[六]見《説郛》（宛委山堂本）卷二十六輯《龍城録》『趙昱斬蛟』條。

［七］見《三教源流搜神大全》卷三『清源妙道真君』條。

曹王［一］

《嘉興府志》：『相傳曹武惠王彬，宋開寶中，帥師平江南，不妄殺，邦人感而祀之。』［二］《浙江通志》引《十國春秋》［三］：『梁開平二年，封故唐曹王明爲昭靈侯。』注云：『明爲唐太宗子，淮人圍姑蘇時，守將禱於廟輒潰去，又加封焉。』［四］按：明許恂如［五］《詩據》：『曹珪爲嘉興都將。乾寧中，淮人圍之，珪登樓張樂縱酒，矢石交至宴如也，卒與族人師魯固守。事竟，云：「但解兒曹提印事，不知誣却濟陽王。」』［六］然都將曹珪未嘗稱王，况府治西北已有曹使君祠，祀珪父信及珪與師魯，三人不可混而爲一。或曰唐曹王皐，皆疑武惠王下江南，止於金陵，而錢氏納土，必不至秀。然曹王皐，未見寔事，《通志》所辨甚允。今俗稱爲南朝聖衆，恐未必然。

［一］曹王：浙江嘉興民間祭祀之俗神。

［二］見清雍正《浙江通志》卷二百十九『曹王廟』條引《舊嘉興府志》文。明案：明萬曆《嘉興府志》卷三云：『曹王廟在治東南四十里……别祠曹王。俗傳曹武惠王彬……及入宋，平江南有功……其尊爲王，亦如伍王之類。』

［三］《十國春秋》：紀傳體史書，記五代十國君主事，清吴任臣編，凡一百一十四卷。

［四］見清雍正《浙江通志》卷二百十九『曹王廟』條。

[五]許恂如：明代嘉興人，有《秀州百咏》等著作。

[六]明案：許恂如《詩擄》，未審其書。明萬曆《嘉興府志》卷十二『春秋』記：『曹信，仁和人。唐末兵興，信保臨平鎮，後移鎮嘉興，著惠政，始城其地。子珪，嗣嘉興都將。乾寧中，淮人圍之。珪登樓，張樂縱酒，矢石交至，晏如也，卒與族人師魯固守，寇不敢逼。吴越王壯其功，授蘇州刺史。及卒，嘉興民思之，立祠祀焉。』

千勝將軍[一]

《杭州府志》：『張巡子亞夫，以巡死國事，拜金吾大將軍。巡守睢陽時，善出奇謀敗敵賊，亦名千勝將軍。宋時祔祀汴都巡廟。南渡後，杭人别祠於新安坊橋。』[二]《唐書·李翰進巡傳表》曰：『亞夫雖受一官，不免饑寒之患。江淮既巡所得，宜封以百户，尋拜金吾將軍。』[三] 按：或稱神是亞夫庶弟去疾也，不知何擄？

[一]千勝將軍：浙江杭州民間祭祀之俗神，傳爲唐朝著名將領張巡之子張亞夫。

[二]明案：見明萬曆《杭州府志》卷四十六『祠廟上』，亦見清乾隆《杭州府志》卷七『千勝將軍廟』條，文字略异。

[三]見清翟灝《通俗編》卷十九『千勝將軍』條引《唐書》。

天妃[一]

《臨安志》[二]：『神爲五代時閩王統軍兵馬史林願第六女，能乘席度海，雲游島嶼間，人呼爲龍女。宋雍熙四年，昇化湄州。後常衣朱衣，飛翻海上，土人祠之。宣和中，路允迪使高麗，中流震風，七舟并溺，獨路所乘神降於檣無恙。使還奏聞，特賜順濟廟號。紹興時，以郊典封靈慧夫人。淳熙朝，易爵爲妃。』[三]《元史·祭祀志》：『南海女神靈慧夫人，以護海運有奇應，加封天妃。』[四]按：明洪武中敕封海靈神。國朝康熙二十二年，以助克澎湖，又加封天后，編列祀典。乾隆二年，封福佑群生；二十二年，加封誠感咸孚；五十三年，封顯神贊順。又按：邱文莊[五]《天妃廟碑》云：『其神爲女子三人，俗稱爲林靈素三女。』[六]則又异説。

[一]天妃：東南沿海地區所祀道教護海神，又名媽祖，天妃娘娘、天后等。
[二]《臨安志》：地方志書，又名《咸淳臨安志》，宋潛説友撰，凡一百卷。原書散佚，今有清道光錢塘汪氏振綺堂仿宋重刊本存世。
[三]見清翟灝《通俗編》卷十九『天妃』條引《臨安志》。
[四]亦見翟灝《通俗編》卷十九『天妃』條引《元史》。
[五]邱文莊：即明丘濬，曾任文淵閣大學士。
[六]明案：清王履泰《畿輔安瀾志·大通河一卷》引丘濬《天妃廟碑》：『京師舊有天妃廟，在都城之巽隅，大橋通之西。』又清梁顯祖《大呼集》卷六：『天妃宫，江淮間濱海多有之，其神爲女子三人。俗傳神姓林氏，遂實以爲靈素三女。太虚之中惟天爲大，地次之，故製字者謂一大爲天，二小爲地，故天稱皇，地稱后。

海次於地者，宜稱妃耳。其數從三者，亦因一大、二小之文，蓋所祀者海神也。元用海運，故其祀爲重。』

金龍四大王[一]　《金龍山聖迹記》[二]：『謝公緒，會稽諸生，居錢塘安溪，宋謝太后之侄也。三宫北行，公投苕溪死，門人葬其鄉之金龍山。明太祖吕梁之捷，神顯靈助焉，遂封金龍四大王，立廟黄河之上。其後擁護漕河，往來糧艘，惟神是賴。』[三]按：《戒山文存》[四]：『神父司徒公仲武生四子，紀、綱、統、緒，神居季，故號四大王。』[五]　又按：天啓四年，封護國濟運。國朝順治二年，加封顯佑通濟。[六]

[一]金龍四大王：浙江杭州一帶民間祭祀之漕運守護神。

[二]《金龍山聖迹記》：撰者未詳。

[三]見清翟灝《通俗編》卷十九引《金龍山聖迹記》。

[四]《戒山文存》：清翟灝《通俗編》卷十九引書名上有『邵遠平』三字。明案：邵遠平，字戒山，清康熙進士，作《戒山文存》，不分卷。

[五]明案：以上兩段輯文均出自清翟灝《通俗編》卷十九『金龍四大王』條。

[六]見清雍正《浙江通志》卷二百十七『金龍四大王廟』條。

張司封[一]　《四朝聞見録》[二]：『政和二年八月，封寧江侯，改封安濟公。』[三]《七

修類稿》：『宋太宗朝進，仁宗景祐中出，爲兩浙運司，名夏，字伯起，雍邱人。』[四]

按：宋《祠典》[四]作『工部夏員外』，誤，俗稱司封，以其授司封郎中也。[五]

[一]張司封：杭州民間祭祀之俗神。

[二]《四朝聞見録》：筆記小説，宋葉紹翁撰，凡五集。

[三]葉紹翁《四朝聞見録》甲集『張司封廟』條原文：『廟號昭貺，即景祐中尚書兵部郎張公夏也（原注：或作「兵部史」。碑又作「太常」。祠典作「工部員外」，俗呼「司封」）。夏字伯起，景祐中出爲兩浙轉運使。杭州江岸，率用薪土，潮水冲擊，不過三歲輒壞。夏令作石堤一十二里，以防江潮之害。既成，州人感夏之功，慶歷中廟於堤上。嘉祐□年十月，贈太常少卿。政和二年八月，封寧江侯，改封安濟公，并賜今額。』

[四]見明郎瑛《七修類稿》卷二十八『張司封』條。　明案：姚氏原稿『宋太宗朝進』下脱『士』字，當補。

[五]明案：姚按亦見《七修類稿》『張司封』條。　又案：本條姚氏批注：『在「天妃」下』。

劉猛將軍[一]

《靈泉筆記》[二]：『宋景定四年，封劉錡爲揚威侯天曹猛將。有《敕書》云：「飛蝗入境，漸食嘉禾，賴爾神靈，剪滅無餘。」』[三]《識小録》[四]：『相傳神是劉鋭，即宋將劉錡之弟，殁而爲神，驅蝗江淮間有功。國朝雍正十二年，詔有司歲冬至後第三戌日，及正月十三日致祭。』[五]　按：劉錡爲中興四將之一，可尊矣，何待於敕？而鋭又未見行事，二説並存可也。

［一］劉猛將軍：俗傳治蝗之神，一説爲宋將劉錡，一説爲劉錡之弟劉鋭。

［二］《靈泉筆記》：清朱坤（乾隆舉人）撰，凡一卷。／

［三］明案：此輯《靈泉筆記》文字，實乃《靈泉筆記》引《怡菴雜録》。清汪師韓《韓門綴學》卷三『祭蝗』條云：『秀水朱坤中黄著《靈泉筆記》引《怡菴雜録》云：「宋景定四年，封故提舉江州太平興國宫淮南、江東、浙西制置使劉錡，爲揚威侯天曹猛將，有《敕書》云：「飛蝗犯境，漸食嘉禾，賴爾神力，掃蕩無餘。」』

［四］《識小録》：清翟灝《通俗編》卷十九言汪沆撰。明案：汪沆，字西灝，清初錢塘人，著名學者。

［五］見翟灝《通俗編》卷十九『劉猛將軍』條引《識小録》。

施府君［一］

《嘉興府志》：『府君宋人，名伯成，九歲爲神，建立廟宇，百有餘年。至景定甲子歲旱，里人聞人剛中禱雨立應，請於廟。明封護國鎮海侯，或云名全。』［二］

按：全與伯成義似通，或則名全，子伯成，亦未可知。今見神貌，則具鬚髯，並有夫人之享，則『九歲爲神』得毋誣妄歟？［三］

［一］施府君：浙江秀水民間祭祀之土地神。

［二］清光緒《嘉興府志》卷十『施府君廟』條引《至元（嘉禾）志》：『土神施府君，宋人，諱伯成，九歲爲神，幾百餘年，有禱輒應。歲旱澇，鄉貢進士聞人剛中等禱於祠下，隨獲大雨。遂請於朝。景定五年九月准，

敕賜今額。』又引《吴志》（或爲吴氏《秀水縣志》）：『明敕封護國鎮海侯。』再引黄濤《古迹》詩注：『（廟）在杉青閘上，以護國鎮漕敕封，相傳爲宋施全。里人患瘖者，禱之立愈。』

[三]明案：本條姚氏批注：『在「司封」下』。

晏公[一]

《七修類稿》：『太祖吕梁之捷，封爲神霄玉府晏公都督大元帥，命有司祀之。』[二]《浙江通志》：『晏戍仔，江西清江鎮人，元初輸文錦於上都，因而尸解，人以爲神，後顯靈江湖間。洪武初，封平浪侯。』[三]按：二説不合，未知孰是。

[一]晏公：浙江杭州等地民間祭祀之水神。

[二]明案：見明郎瑛《七修類稿》卷十二『封晏公』條，文曰：『國初，江岸常崩，蓋猪婆龍於下搜抉故也。以其與國同音，嫁禍於黿。朝廷又以與元同音，下旨令捕盡。而岸崩如故。有老漁翁過曰：「當以炙猪爲餌以釣之。」釣之而力不能起，老漁又曰：「四足爬土石為力，爾當以瓮通其底，貫釣緡而下之，瓮罩其項，必用前二足推拒，從而并力掣之。則足浮而起矣。」已而果然。衆曰：「此鼉也。」老漁曰：「鼉之大者能食人，即世之所謂猪婆龍。汝等可告天子，江岸可成也。」衆問姓名，曰：「晏姓。」倏爾不見。後岸成，太祖悟曰：「昔救我於覆舟，云爲晏公。」遂封其爲神霄玉府晏公都督大元帥。命有司祀之。』

[三]明案：見清雍正《浙江通志》卷二百十七『晏公廟』條，文有縮略。

分水龍王[一]

南旺分水龍王，祀明工部尚書宋禮。《湧幢小品》[二]：『宋尚書歿後，萬曆元年，總河萬恭追頌其功，爲之立廟。』[三]　按：《明史·河渠志》及《禮本傳》[四]並稱，禮字大本，河南永寧人。永樂二年，拜工部尚書；九年，命開會通河。禮以會通之源必資汶水，乃用汶上老人策，築堈城，匯諸泉之水盡出汶，至南旺中分爲二道，故曰分水。然龍王之稱，不知何故？

[一]分水龍王：山東汶上民間所祀河神。

[二]《湧幢小品》：筆記小説，明朱國禎撰，凡三十二卷。

[三]明案：見《湧幢小品》卷二十六，文曰：『運河一帶，平江伯陳瑄用力於南，工部尚書宋禮宣勞於北。宋用臨清知州潘叔正之言，其言本之老人白英，言築壩戴村，亘五里，遏汶水至南旺，分析兩河（其地有分水龍王廟，廟門對汶水門前水，南北分流）以其七，北注臨清。……禮殁，李燧、萬恭追訟其功，立祠，贈禮太子太保。』

[四]明案：《禮本傳》，即《明史·宋禮傳》，見《明史》卷一百五十三，列傳第四十一。

福順王[一]　《嘉興府志》：『祀隋司徒陳果仁，字世威，常州晉陵人，生梁太清三年，仕陳爲監察御史。至隋，累建討賊大功，官拜司徒，娶沈法興女。法興有异謀，惡其二志，至滌腸死，身僵不化，英爽凜烈，於東郭門發矢誅法興。』[二]　按：《松江府志》載蔡京《修廟記》：『隋將陳果仁，嘗以陰兵助錢氏伐海南有功，奏封福順賢德王，

使諸郡皆建廟。』[三]加封武烈顯靈昭德大帝。[四]

[一]福順王：即陳果仁，浙江嘉興民間祭祀之俗神。

[二]見清光緒《嘉興府志》卷十『陳司徒廟』條引湯氏《嘉興志》。明案：明萬曆《嘉興府志》卷三：『陳司徒祠，在治西南五里，唐咸通中建，祠隋司徒陳果仁，唐封忠烈公。』

[三]見明正德《松江府志》卷十五『福順賢德大王祠』條。

[四]《道藏》本《搜神記》卷四『常州武烈帝』條：『宋宣和四年，賜廟額曰福順。武烈顯靈昭德大帝。』明案：本條姚氏批注：『在「楊將軍」下』。

馬鳴王[一]

按：《石門縣志》稱裴、蔣。[四]

《浙江統志》[二]：『神姓裴，名璩，爲浙西藩鎮，敗黄巢以保境。』[三]

[一]馬鳴王：浙江石門民間祭祀之俗神。

[二]明案：《浙江統志》，未詳其書，疑爲《浙江通志》之誤。

[三]清雍正《浙江通志》卷二百十九『馬鳴廟』條：『鄺世修《馬鳴廟碑》：「神裴姓，名璩，唐廣明中官浙西藩鎮。會黄巢由溢寇浙，公力戰破之，此上弗熠没而廟食以報其功。配饗者，爲蔣都官，佚其名，則與公戮力者也。」』

[四]清光緒《嘉興府志》卷十一『馬鳴王廟』條引《石門縣志》：『（廟）在上字圩，其神亦稱裴、蔣二王。』

明案：本條姚氏批注：『在「千勝將軍」下』。

鎮江城隍[一]《水東日記》[二]：『陸游嘗記鎮江府城隍祀漢紀信，莫知所始。』[三]

按：鎮江、寧國、太平、華亭、蕪湖等郡，皆祀紀信。[四]

[一]鎮江城隍：河南鄭州、江蘇鎮江等地奉漢高祖劉邦大將紀信爲城隍神。

[二]《水東日記》：筆記小説，明葉盛撰，凡四十卷。

[三]《水東日記》卷三十『城隍神』條：『陸游嘗記鎮江府城隍廟，謂自故時祠漢紀信爲城隍神，莫知其所以始，因以爲爲善之報，亦正論也。』

[四]明案：本條姚氏批注：『以下二條「張大帝」下』。

江州城隍[一]《水東日記》：『吴草廬[二]記江州城隍廟云：「江右列郡，以漢潁陰侯灌嬰配食。」』[三] 按：隆興、贛袁、江吉、建昌、臨江、南康，皆祀灌嬰。

[一]江州城隍：即江西九江城隍，傳爲漢高祖劉邦悍將灌嬰。

[二]明案：吴草廬，即吴澄，宋元之際學者，字幼清，號草廬，江西撫州人，另有《吴文正集》等著作。

[三]《水東日記》卷三十『城隍神』條原文：『元吴草廬亦嘗記江州城隍廟云：「江右列郡，以漢潁侯灌嬰配食，

或者以侯嘗定豫章諸郡而然也。」』

姑蘇城隍[一]　《代醉編》引：『姑蘇城隍神，乃春申君也。案：《史記》：「春申君，初相楚，後請封於江東考烈王，許，因城故，吴墟以爲都邑。」《吴地志》亦云：「春申君嘗造蛇門以禦越軍，廟食於此，故宜。」』[二]　按：《越絶書》[三]所引，又似不合。[四]

[一]姑蘇城隍：姑蘇，江蘇蘇州舊名；姑蘇城隍，傳爲戰國時楚國大臣春申君。

[二]明案：此輯姚氏未注明《琅琊代醉編》所引何書。其引《史記》、《吴地志》文字，見清同治《蘇州府志》卷一百四十五『雜記二』引。

[三]《越絶書》：地方史書，漢袁康撰，凡十五卷。明案：該書卷十四《越絶外傳》有『春申君』一節，記春申君與女環縱酒鼓琴之事，故姚氏下有『又似不合』之語。

[四]明案：本條姚氏批注：『此條在「二郎神」上』。

羅娘[一]　《岳陽風土記》[二]：『巴陵有羅娘廟。秦武陵令羅君用因督鐵運，溺水死。其女挈弟尋父屍，不獲，遂相繼赴水死。邦人哀而祀之，靈響漸[三]著。漢[四]元封中，封其女爲孝烈靈妃，弟爲孝感侯。孝瀕《寄遠》詩[五]有「化石早曾聞節婦，沉湘何必獨靈妃」，其意似與今聞差异。』[六]

[一]羅娘：湖南岳陽等地民間祭祀之水神。

[二]《岳陽風土記》：宋范致明撰，凡一卷。

[三]漸：《四庫全書》本《岳陽風土記》作『浸』。

[四]漢：《四庫全書》本《岳陽風土記》無，爲姚氏輯録時所加。

[五]明案：『孝瀕』，應作李瀕，又作李頻，爲晚唐詩人，字德新。其《寄遠》詩一首，載《全唐詩》卷五百八十七。

[六]明案：此輯《岳陽風土記》文有删簡，非原文。又案：本條姚氏批注：『此條（在）「二郎神」下』。

武成王[一]　《唐書》[二]：『肅宗上元元年，追封周太公望爲武成王，依文宣王例置廟』，[三]以歷代良將爲十哲，白起、韓信、諸葛亮、李靖、李勣列於左，張良、田穰苴、孫武、吴起、樂毅列於右。《玉海》[四]：『宋太祖命崔頌選唐末以來謀臣、名將尤著者配之。』[五]

[一]武成王：即殷末謀臣姜尚，西周開國元勛，唐時封爲武成王，與孔聖文宣王相對，崇祀遍及全國。

[二]《唐書》：此指《舊唐書》，後晋劉昫等撰，凡二百卷。

[三]見《舊唐書》卷十《（肅宗）本紀第十》。

[四]《玉海》：類書，南宋王應麟撰，凡二百四卷。

［五］明案：見《玉海》卷一百十三『建隆武成王廟』條，輯文有删簡，非原文。又案：本條姚氏批注：『此條在「百蟲將軍」下』。

顯聖王［一］　《事物紀原》：『唐乾符中，封神爲應聖王。光化二年，封普濟王。宋太宗在晉邸有神告之應，太平興國二年，封顯聖王。』［二］

［一］顯聖王：甘肅寧州（今慶陽市）民間祭祀之要册湫水神。

［二］明案：見宋高承《事物紀原》卷七『顯聖王』條，原文爲：『廟在寧州真寧縣即要册湫也，漢祠官所領。唐乾符中，封神爲應聖侯。光化二年，封普濟王。宋朝太宗在晉邸，有神告之應。太平興國二年七月四日，封顯聖王。按張緒《續錦里耆舊傳》曰：「太宗尹天府登極前，有邠州客打軍巡，引見問争由，曰：争説要册大王。上曰：有侵傷不均，吾爲平之。若争要册大王，外旁商量。」此蓋神告之事耳。』

徐偃王［一］　《琅琊代醉編》：『初名偃，後名弓。』［二］昌黎［三］《衢州徐偃王碑》：『徐與秦，俱出伯翳［四］。』　按：偃王本不合祀典，特其子孫爲之立廟，故借秦之僨國沉宗以相形，而舉小説稗史所載以見，本宜有而非淫祀可比。唐時徐放［五］自書，昌黎撰碑，蓋當日立廟，乃是子孫奉祀，逐後漸及民間。［六］

[一]徐偃王：西周徐國國君，古傳靈异之事頗多，舊時徐州一帶民間多有祭祀。

[二]明案：晋張華《博物志》卷八：『《徐偃王志》云：徐君宫人娠而生卵，以爲不祥，棄之水濱。獨孤母有犬名鵠蒼，獵於水濱，得所棄卵，銜以來歸。獨孤母以爲异，覆煖之，遂蝋成兒。生時正偃，故以爲名。徐君宫中聞之，乃更録取。長而仁智，襲君徐國。後鵠蒼臨死，生角而九尾，實黄龍也。偃王又葬之，徐界中今見狗襲。偃王既其國，仁義著聞，欲舟行上國，乃通溝陳蔡之間，得朱弓朱矢，以己得天瑞，遂因名爲弓，自稱徐偃王，江淮諸侯皆伏從，伏從者三十六國。周王聞，遣使乘駟，一日至楚，使伐之。偃王仁，不忍聞言其民爲楚所敗，逃走彭城武原縣東山下，百姓隨之者以萬數，後遂名其山爲徐山。山上立石室，有神靈，民人祈禱，今皆見存。』明張鼎思《琅琊代醉編》『初名偃，後名弓』之説，當本此。

[三]昌黎：指韓昌黎，即唐代文學家韓愈。

[四]明案：伯翳，舜臣，傳爲顓頊之後，嬴姓先祖。《國語·鄭語》：『嬴，伯翳之後也。……伯翳能議百物，以佐舜也。』又案：韓愈《衢州徐偃王廟碑》文字，見宋魏仲舉編《五百家注昌黎文集》卷二十七。

[五]徐放：唐代詩人，曾任衢州刺史。

[六]明案：本條姚氏批注：『此條在「武成王」下』。

張老相公[一]

《紹興府志》：『公諱夏，蕭山人。雍正三年，封静安公。』[二]《西河集》[三]：『張十一郎官者，宋護堤侯張六五老相公也，名夏，蕭山隝里人。初以父亮爲吴越王刑部尚書，入宋歸命，遂由任。子起，累授工部郎中，稱郎官。既而海溢，颶風發錢塘，蕭山隄緫壞。相公充護隄使者有功，封護隄侯，乃以護漕。當絶河覆舟，旗丁繞河覓相公不得。翌日，有大黿負相公尸浮於沙，巫者狂言，相公已爲神。其尸歸葬於蕭山長山閘，而立祠閘旁，負山壁而楹，面海。每雨歇，見神燈萬隊，沿山而歸。景祐間，禮部請於朝，封英濟王。蕭俗呼十一爲六五，官爲相公，以侯王故，呼老相公。每歲三月初八，係老相公生日。』[四]

[一]張老相公：浙江杭州一帶民間所祀潮神。

[二]見明萬曆《紹興府志》卷三十六『敕封静安公廟』條及清乾隆《紹興府志》卷十九『護堤侯廟』條。明案：姚輯或從乾隆版《紹興府志》删改。

[三]《西河集》：清初毛奇齡撰，凡一百九十卷。毛奇齡，字大可，浙江蕭山人，以郡望西河，世稱『西河先生』。

[四]明案：見毛奇齡《西河集》卷一百二十九《九懷詞·張十一郎官》條，姚輯間有删改。

周宣靈王[一]

《浙江通志》：『孝子周姓，死而成神，宋封周宣靈王，禱者甚衆。』[二]

[一]周宣靈王：浙江衢州一帶民間祭祀之地方神。傳周姓男子，以孝成神，又傳爲江神，其廟又稱周王廟、孝子廟等。

〔二〕明案：清雍正《浙江通志》卷二百十七『周宣靈王廟』條引《仁和縣志》云：『（廟）在褚家堂廣豐倉側。神姓周，名雄，字仲偉，杭之新城淥渚人，以屢顯靈，進封王爵。……謹按：……詳觀諸記，或稱孝，或稱忠，或稱仙，……現祀爲江神。』又：同書卷二百二十四『周宣靈王廟』條引錢廣居《周宣靈王廟碑》云：『按神周姓，繆宣名，臨安新城縣太平里人也，生宋淳熙戊申歲三月四日。初名雄，以雄音鄰榮，恐干父諱，改名繆宣。神少時，受仙指大數四九。後之武源，至鸕鷀灘，失足墮水。頃刻巨浪層翻，猛若蛟龍起伏。神即脱化，溯波而上，至衢城水亭門外，浮沉不定，聲聞數十里。一時驚异，建廟塑像，崇祀於衢城之西。是年，神正三十有六，果應四九之説。……端平元年大封，神得贈廣平侯。淳祐元年秋，敕封神護國廣平正烈周宣靈王。』

劉天君〔一〕

《雜記傳》〔二〕：『帥諱俊，東晋人，生於岷山漁渡中，歲庚子八月十二酉時。母謝取水於江，而帥匍入波心，得浮槎，近湧而濟。其父劉福公棹而迎之，曰：「何异也，而幸不死。」適貧，送於羅真人爲侍，因精五雷掌訣〔三〕，招風促雨，隨叩響應，濟民助國。民議祀之，帥曰「是爲名也」而逃。繼而東京大旱，上蒿目而耳之，嗟咨遍編户焉，且曰：「惟禱於劉君之祠，必答所視。」上從之，果酬靈。時秋大稔，帝悦，敕爲玄化慈濟真君。玉帝亦以其敕者敕之，以掌玉府。』〔四〕

〔一〕劉天君：道家雷部天神之一。

［二］《雜記傳》：未知年代及撰者姓名。

［三］明案：訣，姚氏原稿爲『映』，誤，今從《三教源流搜神大全》文改。

［四］明案：輯文見《三教源流搜神大全》卷四『劉天君』條引《雜記傳》，文字略异。又案：本條姚氏批注：『天』，意列『天地』門。

混炁龐元帥［一］

《增搜神記》［二］：『帥諱喬，字長清，漢江渡口人，父諱定，母姚，生於漢獻癸丑十一月癸亥丑時。世雖駕渡，心行菩提，凡往來過客，無不平等。一夕［三］重陽夜渡歸急，却遺百金於船。次日，泣而訴其情。帥出其封帖如故，女［四］願委一，不受。又除夕前二日，幼婦行晚，告以渡，奈一日雪禁，無有行者。氏無處，帥留之而火其衣，粥其食，凛然尺寸清洌。次日雪愈，其人踪絶矣。又次日，帥忙於應接，其父披蓑揭竿而渡，婦從，至岸而反，江風大作，帆掀而波覆矣。帥忙跳於波，直至父處，深入而負之，至崖而力竭，無狂瀾甚，帥没而父墮矣。帥失行［五］在，復没負之，如是者三，蓋除夕時，鬼夜出没，叫冤取替。帥固太一之精，沸濤不能爲害。所渡之婦，乃觀自在化身也，故帥父始得無恙。第帥已出險，方嗚然抱父以泣，而數十鬼泣。曰：「余今年當取，而雪父耻耶？」遂突然起而裂帳爲旂，折竿爲戚，噴水爲露，擊令爲雷，憑虚而行太虚中，遍詢真君行藏，正值十二小妖截路空亡。帥怒，展旂幔於帳，已而與戰不解。上帝命爲降妖幔邪元帥之職。』［六］

[一]混炁龐元帥：道家所稱玄天上帝三十六天將之一。『炁』，古字，同『氣』。

[二]《增搜神記》：志怪書，或即明萬曆《新刻出像增補搜神記》之簡稱，舊題晋干寶撰，凡六卷。明案：是書內容與《道藏》本《搜神記》、元刻本《新編連相搜神廣記》及明刻繪圖本《三教源流搜神大全》內容上多有重叠，文字亦基本相同，不同之處在於條目增删不一，或爲同書之异名或不同之版本。本條不見《新刻出像增補搜神記》，見《三教源流搜神大全》。

[三]明案：夕，姚氏原稿作『女』，誤，今從《三教源流搜神大全》文改。又：《三教源流搜神大全》『夕』下有『客』字，當補。

[四]女：《三教源流搜神大全》作『客』。

[五]行：《三教源流搜神大全》作『婦』。

[六]明案：輯文另見《三教源流搜神大全》卷四『混炁龐元帥』條。又：姚輯『遂突然起而裂帳爲旂』句及以下文字，不見《三教源流搜神大全》，當爲其他版本所載。又案：本條姚氏批注：『天』，意列『天地』門。

李元帥[一]

《增搜神記》：『帥諱封，南海上飛航寇也。素剛直，因鄰有不共戴天之冤者，帥不平而殺之，逃於海神廟中，遇五鬼咀嚼，又曰：「天神到了。」帥曰：「汝何知？」曰：「予等奉命，願爲掃除水怪，當以金刀贖。」隨於地窖取刀而化。帥曰：「异哉，奇遇！」倏爾，夥賊牽羊醞醮神，帥擒降之，跳艘而入，啓其中，皆美男女、……專劫倭與寇之害民者。」衆聽唯唯。一日，操船[二]於洋，一巨怪翻風卷浪而起，帥不知爲江家也，曰：「豈神命者耶？」跳浪而刳之，涉洋如步沙渚。已而黑飈倒旋，驚濤騰空，飛花濺天，有神謝曰：「女功槎客無涯矣，余當白之上帝[三]，以酬萬一。」帝乃敕爲元帥李先鋒之職，委二將軍爲翼。』[四]　按：帥生於錦江口，隋帝壬午五月五日午時，降胎於李芳之妻孫氏云。[五]

[一]李元帥：道家所稱海神之一，亦稱海寇。
[二]船：《三教源流搜神大全》作『艇』。
[三]上帝：《三教源流搜神大全》作『玉帝』。
[四]明案：輯文另見《三教源流搜神大全》卷四『李元帥』條，文字略异。
[五]明案：姚氏此按亦見《三教源流搜神大全》卷四『李元帥』條。　又案：本條姚氏批注：『天』，意列『天地』門。

黨元帥[一]　《增搜神記》：『帥懷州人，澄深精研，内不庇親，外不避仇，仕晋昭察使。時留刑無定，惟人所入，帥獨平心，兼以廉明，真僞如見，犴廷無冤獄，下民無怨辭。三載，閭謡曰：「黨不黨，見五臟。案歸藉，秉天日。黑判官，人鬼泣，何家宰相民考妣。」蓋黨其姓，黑其貌。歸藉者，其諱何，其翁之諱，故曰何家宰相。母陳，生帥於唐元祐丁未九月丁卯未時。其生也，人見有二三十兒童旗幡而來，扛一小兒。人問之，答曰：「一路福星也。」享年九十又七，陰封爲帥，以蒺藜槌掌考校，以察天下過惡焉。』[二]

[一]黨元帥：道家玉帝屬神，主察天下惡過。

[二]明案：輯文另見《三教源流搜神大全》卷五『黨元帥』條，文字略异。又案：本條姚氏批注：『天』，意列『天地』門。

石元帥[一]

《野録》[二]：『帥相溪人，諱神，毓於周宣王七年三月清明佳節。生時風雨驟至，龍掛冥表。父諱文甫，母韓，曰：「阿兒面貌非凡。」少好清静，長游關中，受業關尹子，結廬眉山之陽。適天久不雨，樵叟輩袒肩汗顔，相與聚訴。帥愀然曰：「愧不龍耳！彼蠢然若虺若蛇，且以伸蟄揚波，吐氣成雲，爲天下作甘霖，奈何含惇而且不及一焉，則邱稗而牛唾，足恨也。」乃沐浴更衣，明磬於爐，薦虔於盂，再拜而祝，民從之。倏爾，甘雨驟至，彩池滿三尺。殊意帥之再拜不起，而不知其化矣。已而行人報曰：帥乘馬東行，旄儀羽檄，族擁百餘，謂從者曰：「爲我諸輩也。余奉敕不

能留耳！」陰封爲五雷之長。』[三]

[一]石元帥：道家雷部諸神之一。

[二]《野録》：未知撰者姓名及時代。

[三]明案：輯文另見《三教源流搜神大全》卷五『石元帥』條引《野録》，文字略异。又案：本條姚氏批注：『天』，意列『天地』門。

副應元帥[一]《增搜神記》：『帥，泰山下人，副賀公之遺脉，母歐陽氏。萃中岳之秀，而降凡於乾符九年壬寅正月壬寅日寅時，别號泰宇，封金鑑糾邦之職。』[二]

[一]副應元帥：道家稱真武大帝三十六天將之一，亦名糾察副元帥副應，爲道教護法神。

[二]明案：輯文另見《三教源流搜神大全》卷五『副應元帥』條，文字略异。又案：本條姚氏批注：『天』，意列『天地』門。

楊元帥[一]《增搜神記》：『帥諱彪，母徐，毓於庚申十月十六。』[二]按：《漢書·彪傳》[三]：『仕至廷尉。案盗主玩器者以贓究，帝欲廷殺之，不聽；案以妄倖侮官儀者笞殺，帝以賁赦之，不聽；案三老中之贓吏者，臺臣以勢請之而不顧；案故友以撓法罷

者，賄以千金而不瞬目。曰：「汝污累，欲人共分謗耶？」凡此其較也。』[四]

[一]楊元帥：楊彪，東漢末年名臣，道家祀爲真武大帝三十六天將之一，爲道教護法神。

[二]明案：輯文另見《三教源流搜神大全》卷五『楊元帥』條，文字略异。

[三]明案：《漢書·彪傳》，即《後漢書·楊彪傳》，見《後漢書》卷五十四《楊振列傳》，然《傳》中并無姚氏所引文字。

[四]明案：姚氏此按，亦見《三教源流搜神大全》卷五『楊元帥』條。又案：本條姚氏批注：『天』，意列『天地』門。

大奶夫人[一]

《增搜神記》：『昔陳四夫人，祖居福州羅縣[二]下渡。父諫議，拜户部郎中。母葛，兄陳二相，義兄陳海清。嘉興元年，蛇母興灾吃人，占古田縣靈氣大洞於臨水村，鄉人立廟，以安其靈。每年重陽，買童男女二人，以賽[三]私願，方不爲害。時觀音大士赴會歸南海，見福州惡氣冲天，乃剪一指甲，化作金光一道，直透陳長者葛氏投胎。時大曆元年甲寅正月十五寅時，瑞氣祥光、异香仙樂護送而進者，因諱進姑。兄二相，曾受异人口術瑜珈大教，正法神通。行至古田臨水村，值祭黄三居士，心惡其妖，思靖之，不忍以無辜之人啖命於荼毒之口，敬請二相行法。乃[四]爲海清酒醉，填差文券時刻，以至天兵陰兵未應，二相爲毒氣所吸。還得瑜仙顯靈，憑空擲下金鐘章[五]覆，仙風所照，邪不能近，二相不得脱耳。進姑年方十七，念同氣一脉[六]，徜往閭山學法，洞主九郎法師傳授「驅雷破廟罡法」，打破蛇洞取兄，斬妖爲三。殊料[七]禀天宿奇异之精，金鐘生氣之靈，與天俱盡。第殺其毒，不敢肆耳。至今八月十三起，乃蛇宿管度，多興風雨霖雹，傷民稼穡，此其驗也。後唐王皇后分娩艱難，幾至危殆。姑乃到宫，以法催下天子。唐王悦，敕封「都天鎮國顯應崇福順意大奶夫人」，建廟古田，以鎮蛇母。夫人之大造於民如此，專保童男女催生[八]，蛇妖不爲害，故自誓曰：「女能布惡，我能行香。」今人遂沿其故事，云：神姐威靈林九天夫人，妹海口破廟李三夫人（八月十五生），其佐助娘破廟張、蕭、劉、連四大聖者，銅馬沙王，五倡[九]大將，催生聖母，破産靈童，二帝將軍。』[十]

[一]大奶夫人：福建、臺灣等地民間普遍祭祀之女神，又稱陳夫人、順懿夫人等。
[二]羅縣：《三教源流搜神大全》作「羅源縣」。
[三]賽：同「塞」。
[四]乃：《三教源流搜神大全》作「奈」。
[五]章：《三教源流搜神大全》作「罩」。
[六]脉：《三教源流搜神大全》作「系」。
[七]《三教源流搜神大全》「料」下有「蛇」字。

[八]《三教源流搜神大全》『催生』下有『護幼』二字。
[九]倡：《三教源流搜神大全》作『猖』。
[十]明案：輯文另見《三教源流搜神大全》卷四『大奶夫人』條，文有删改。

斬鬼張真君[一]

《增搜神記》：『神諱巡，妻劉，妾柳，唐玄宗時進士出身，官拜雍邱[二]令。遭安史叠亂，公負荷孤城，臨機應變，不依古法。前後三百餘戰，百戰百克，保障軍中器械，無一不取之敵者。公性格剛烈，每氣發，髪竪齒落。觀其始，以背城奪旗鼓，繼以蒿艾殺思明[三]，收萬矢於束草。出奇之際，整威武於坐，食野戰之場，明忠義於泣廟之餘，識人倫於天道之頃，知將令於雷將軍之時，堅士志於殺妾蒸骸之表，洩貞義於厲鬼殺賊之詞，至今霽將軍嚙指於鄰以示信，諸軍伍羅雀炙鼠木食而不携，真天地一孤忠也。唐宋累封爲寶山忠靖景祐福德真君。』[四]

[一]斬鬼張真君：指唐代河南南陽人張巡，生屢有戰績，卒爲江淮一帶民間崇祀，後道家祀爲冥官，專司冥府執法斬鬼。
[二]雍邱：《三教源流搜神大全》作『睢陽』，均屬河南地名。
[三]明案：思明，即史思明，唐玄宗時『安史之亂』禍首之一。
[四]明案：輯文另見《三教源流搜神大全》卷五『斬鬼張真君』條，文字略异。

蕭公[一]　《福佑録》[二]：『公諱伯軒，爲人剛直，不苟言笑，里閈咸爲質平，歿於宋咸淳間，遂爲神。鄉民立廟於臨江府新淦縣之太洋州，保江佑民。元時以其子蕭叔祥死而有靈，合祀於廟。明洪武初，嘗遣官諭祭。永樂十七年，其孫天任卒，屢著靈异，亦祀於此。詔封「水府靈通廣濟顯應英佑侯」，大著威靈於九江八河、五湖四海之上。』[三]

[一]蕭公：江西民間所祀水神，又稱蕭公爺爺，傳爲宋代臨安府新淦縣（今江西省新干縣）人，姓蕭，名伯軒。

[二]明案：《福佑録》，未知撰者姓名、時代，疑爲道書。

[三]明案：輯文見《三教源流搜神大全》卷七『蕭公爺爺』條引《福佑録》，又見《道藏》本《搜神記》卷三『蕭公』條，文字大體相同。

卷五　土祀

資善福明王[一]　《嘉興府志》：『祀晉尚書徐熙。』[二]　按：《靈光寺實録》[三]：『尚書名恬。』[四]

[一]資善福明王：浙江嘉興民間所祀俗神，傳爲東晉選部尚書徐熙，又稱資善興福明王。

[二]明萬曆《嘉興府志》卷四：『晉成帝時，徐尚書熙因井發光，請捨宅爲寺，賜名靈光。』又明弘治《嘉興府志》卷四：『徐熙宅，在府治北。熙一名恬，仕晉爲尚書。因夜井發光，遂奏成帝，捨宅爲寺，賜名靈光，即今精嚴寺也。寺舊有祠祀熙。』　明案：元徐碩《至元嘉禾志》卷十二云：『資善興福明王廟，在郡治北精嚴寺之西北隅。考證：本晉徐尚書宅，因捨宅爲寺，遂祠之。朝議大夫行開封府司士曹事侯銘爲之記。』

[三]《靈光寺實録》：未知撰者姓名、時代。

[四]元徐碩《至元嘉禾志》卷十引《靈光寺實録》：『（徐熙）名恬。今《土地記》：「名熙。」』　明案：本條姚氏批注：『此條入「方祀」「蘇驃騎」下』。

昌武王[一]　《嘉興府志》：『世傳：宋淮海王三子，皆有功於民，封爲昌武王，死後各著神异，民奉爲當境土穀之神。』[二]按：神能驅痁鬼，有禱必應。

[一]武王：浙江桐鄉民間所祀土穀神，又稱昌武三王。

[二]明案：清雍正《浙江通志》卷二百十九『昌武三王廟』條引《嘉興府志》云：『宋淮海王第三子廟，在車溪九里松之西。』又同卷『昌武大王廟』條云：『淮海王三子，皆有功於民，因祀爲土穀之神，皂林爲大，龍翔爲二，爐鎮爲三。』

鐵四太尉[一]

《通俗編》引《凌柘軒集[二]》：『《吴山東岳廟化[三]鐵四太尉疏》言：「四神皆膺侯爵，一曰靈應，二曰福佑，三曰忠正[四]，四曰順佑。」[五]』[六]按：今杭人但呼爲鐵哥哥，然神之時代、名位未考。

[一]鐵四太尉：杭州一帶民間所祀地方神。

[二]集：姚輯原稿作『募』，今從商務印書館標點本《通俗編》改。明案：《柘軒集》，明凌雲翰撰，故《通俗編》引作《凌柘軒集》，是書凡五卷。

[三]化：姚輯原稿脱，今從《柘軒集》卷四補。

[四]忠正：文淵閣《四庫全書》本《柘軒集》作『忠順』。

[五]明案：凌雲翰《柘軒集》卷四《吴山東岳廟化鐵四太尉疏》原文爲：『吴山東岳廟鐵四太尉，一曰靈應侯，二曰福佑侯，三曰忠順侯，四曰順佑侯，以禦灾厄，悉皆以鐵肖像，顯靈非一日矣。因軍器造作，人人有

欲假爲用者。一夜，托夢於王子澄曰：「吾欲助國，將作新吾像，以離於此。」已而果爲國用。子澄識其語不忘，果蒙神庇，動止協吉，兹不忘神德，不敢自私，欲求衆力，圓成庶見，神功昭著，願爲勝事，實在喜心。」

[六]見清翟灝《通俗編》卷十九『鐵四太尉』條。

吾相公[一]

《嘉興府志》：『宋時敕封「撥雲吾相公」，建祠於德化一都[二]。每歲春時，有萬魚來朝。』[三] 按：吾相公兄弟二人，一曰興雲，一曰撥雲。每歲四月十九，衆魚雲集，至有魚大水小騰躍而過者，土人習見之。或即神之誕辰乎？[四]

[一]吾相公：浙江嘉興民間所祀俗神，或即魚神。

[二]德化一都：明清時嘉興縣下屬有德化鄉，鄉分一都、二都等行政區域，簡稱德化都。

[三]清雍正《浙江通志》卷二百十九『吾相公廟』條引《嘉興縣志》：『宋時敕封撥雲吾相尊神，祠前有深濱。每歲春日，衆魚來朝。』

[四]明案：清乾隆間秀水舉人朱麟應《續鴛鴦湖棹歌百首》第三十九首云：『姤花風起雨疏疏，墮白飄紅錦不如。新水一篙添鴨緑，撥雲祠外聚多魚。』詩下有注：『德化都，有宋時敕封撥雲吾相公祠，前有深潭，春日衆魚來朝。』（見朱麟應《耘業齋詩稿》，善本，不分卷）又：清光緒《嘉興府志》卷十『吾相公廟』條：『按吾、魚字古通……或固吾、魚音義相通而附會歟？』

朱相公[一]　《嘉興府志》：『相傳宋建炎二年，高宗夜寢，夢登紫薇樓。忽墜，一力士捧之，得不委地。問其姓氏，曰：「秀州遷善三十五都[二]朱六郎也。」既覺，體汗猶濕，乃述所夢，遣使訪之，六郎死已七日矣。因敕封爲紫薇侯。』[三]

[一]朱相公：浙江嘉善民間祭祀之俗神。
[二]秀州遷善三十五都：秀州，晉置，後爲嘉興府；遷善，鄉名；都，鄉屬行政單位。
[三]明案：嘉善縣有朱相公廟，清雍正《浙江通志》卷二百十九引《嘉興府志》：『（廟）在嘉善縣遷善都江涇塘。相傳宋高宗夜寢，夢登紫薇樓而墜，有一力士捧之，得不委地。問其姓氏，則曰：「秀州朱六郎也。」既覺，體猶濕，乃遣使訪之，時六郎死已七日矣。因敕封爲紫薇侯，立祠，香火不絕。』又案：姚氏原稿先後重復輯列此條，今刪去其一。　又案：本條姚氏批注：『入「方祀」門「劉猛將軍」下。』

杭郡周城隍[一]　《七修類稿》：『神嘗附於人曰：「予本省憲史周新，誕乃五月十七。上帝以予剛直，復命司杭之土。」』[二]　按：神字志新，廣東南海人。永樂中爲御史，後爲湘江憲使。在内名爲寒鐵，在外稱爲神明。後因紀綱之謗被害。彭參政[三]作《公傳》曰：『上常見衣紅者立日中，問爲誰，云：「臣周新。上帝以臣剛直，命爲城隍。」』[四]

[一]杭郡周城隍：杭郡，指杭州；周城隍，杭州人奉明代浙江按察使、清官周新爲城隍神。

[二]明案：姚輯言出明郎瑛《七修類稿》，誤，實出郎瑛《七修續稿》。是書凡七卷，其卷二國事類『周城隍』條云：『先母嘗云：吾外祖少時，親見城隍。生日時有黄冠爲神附體，言於衆曰：「予非舊神，予本省憲使周新也，誕乃五月十七日，上帝以予剛直，復命司杭之土。」時另塑其像，遷舊神於錢塘保安里，至今名爲小城隍廟，故以五月供獻於神。按周廣東南海人，永樂中爲御史，巡按京師、福建，昇雲南、浙江按察使，處分大務，奏對詳審，廉明剛直，鋤强伸枉，常理冤魂無主數事，在内名爲「冷面寒鐵」，在外稱爲「神明」。後爲權奸指揮紀綱之謗，上怒其言峻直，被害。予意剛直爲神固然矣，未必其爲吾杭土神，恐流言之誣周公也。昨見彭參政所作《公傳》末云：「上嘗見衣紅者立日中，問爲誰，應曰：臣周新。上帝以臣剛直，命爲城隍」云，然後知外祖之言不誣。作傳者不知爲杭之司命，因識之以傳於人耳。』

[三]彭參政：明朝太中大夫彭範，字克憲，别號東奚，河南靈寶人，萬曆年間，任山西左參政，史稱彭參政。

[四]明案：本條姚氏批注：『此條在「方祀」門「分水龍王」下』。

石八娘[一]

《涉异志》[二]：『羅源紫霄岩有二女神，號石真妃，靈顯頗著。二女，羅源徐公里石氏女也，姊曰月華，妹曰雪英，皆有姿色，涉書史。五季，青巾賊作亂，二女被虜，義不受辱，相繼投河死。宋時，林孝子顥孫入山採樵，遇二女，明妝儼然。肅入其家，延茶久之，吟咏閑雅。月華有「百尺潺湲探禹穴，寸心皎潔付陶泓」、雪英有「肉芝勝比蓮花鮓，甘露何如竹葉醲」之句。謂林曰：「吾石氏女，遭難而死。上帝憫吾貞烈，敕吾火部曜靈真妃，吾妹爲水部風毒真妃。封此岩爲紫霄岩，命吾主之。」

俗呼曰石八娘岩是也。』[三]

[一]石八娘：福建羅源等地民間祭祀之海神，俗稱石夾奶，後祀爲天妃。

[二]《涉异志》：筆記小説，明閔文振撰，不分卷。

[三]明案：見明陶宗儀《説郛續》卷十六輯閔文振《涉异志》『石真妃』條，姚輯有删簡。　又案：清康熙《羅源縣志》卷一云：『石八娘潭，在福源山後，石氏二女投此。』

順應王[一]　《蜀志》[二]：『祭漢參軍馬謖，以陰佑神木之功，有司每歲三月初二致祭。』[三]

[一]順應王：四川叙州慶符縣（今四川高縣）民間祭祀之俗神。

[二]明案：世稱《蜀志》者凡二，一爲東晋常璩《華陽國志·蜀志》，一爲西晋陳壽《三國志·蜀志（書）》，此輯稱《蜀志》，未詳作者及時代。

[三]明案：明陳階《日涉編》卷三『三月二日』條：『馬謖有功，以是日致祭。』注引《蜀志》：『順應廟，在叙州府慶符縣南廣洞，祀漢參軍馬謖，有陰佑神木之功，有司每歲三月二日致祭。』又：明曹學佺《蜀中廣記》卷十五『慶符縣』條云：『縣有順應廟，乃祀馬謖者。我明永樂中，尚書宋禮奏：神有陰助運木之功，賜萬貫葺其廟，命有司每歲三月二日致祭也。』　又案：本條姚氏批注：『此條入「方祀」門「關壯穆」下』。

伍王[一]　《吴志》[二]：『子胥忠諫死，土人憐之，因爲立廟。唐乾寧中，封吴安王。』[三]　按：宋初封清忠英烈威惠獻王。元大德三年，加封忠孝威惠顯聖王。[四]

[一]伍王：即春秋時吴國大夫伍子胥，浙江杭州、嘉興、海鹽一帶民間祭祀爲潮神。

[二]明案：《吴志》，通指西晉陳壽撰《三國志・吴志》，《志》中有『綝意彌溢，侮慢民神，遂燒大橋頭伍子胥廟』之句，然無『子胥忠諫死，土人憐之，因爲立廟』諸語，故此輯所引之《吴志》，非《三國志・吴志》，或另有其書，作者未詳。

[三]清雍正《浙江通志》卷二百十九『伍王廟』條引《舊嘉興府志》：『（廟）在嘉興縣東二十七里胥山。子胥代越經營於此，唐乾寧中敕封爲吴安王。』

[四]明案：清趙翼《陔餘叢考》卷三十五『伍子胥神』條云：『《史記》：「伍子胥死，吴人憐之，爲立祠於江上，命曰胥山。」此子胥之祀之始也。王充《論衡》：「吴王殺子胥，煮之於鑊，乃以鴟夷橐投之江。子胥恚恨，驅水爲濤以溺人，故會稽丹徒大江、錢塘浙江皆立其祠。」《後漢書》：「張禹爲揚州刺史，當過江行部，吏白江有伍子胥神，當祀之。」此兩漢之祀伍廟也。《吴志》：「孫綝侮慢明神，遂燒大橋頭伍子胥廟。」燒伍廟而世俗謂之慢神，則其時廟祀之顯赫可知。《隋書》：「高勱爲楚州刺史，城北有伍子胥廟，其俗敬神，祈者必以牛酒，至破産業，勱乃嚴爲禁止。」則六朝以後伍廟顯赫又可知。《唐書》：「狄仁杰使江南，毁淫祠千七百所，惟夏禹、吴泰伯、季札、伍員四祠不廢。」今按：六朝以前，所祀之神，俱已湮没，而子胥廟唐以後尚多崇祀，豈以梁公所未毁，遂得留耶？抑神之靈尚不泯耶？《北夢瑣言》：「閩王審知患海中石磅，爲

舟楫害，夢吴安王（即子胥），許爲開導，乃遣劉山甫祭奠。甫畢，忽風雷勃興海中，有黄物長千百丈，奮躍攻擊，三日既霽，則石港已通暢，乃名之曰甘棠港。」《宋史》：「馬亮知杭州，會江濤大溢，亮禱伍員祠，明日潮却，出横沙數里。」是伍相之神，久而益顯也。《元史》：「大德三年，又加封忠孝威惠顯聖王。」」

又案：本條姚氏批注：『此條入「方祀」門「徐偃王」下』。

英烈錢侯[一]

《雲間志》[二]：『侯閩人，行七，嘗爲商，浮海至霍光廟下歎息：「願事忠臣。」即叉手立化。宋與金戰，有陰兵旌旗，著「華亭錢太尉」字。』[三]《嘉興府志》：『宋大觀五年，封忠烈公。建炎三年，辛道宗領舟師，由海道護行在所，奏加忠烈順濟侯，且賜錢以新廟貌。四年，加昭應。』[四]

[一]英烈錢侯：浙江平湖、上海松江一帶民間祭祀之俗神，傳爲漢大將軍霍光部屬。

[二]《雲間志》：地方志書，宋楊潛撰，又名《紹熙雲間志》，凡三卷，記浙江淞南、華亭一帶諸事。

[三]明案：姚輯言出《雲間志》，然今本《雲間志》卷中『金山忠烈昭應廟』條盡叙霍光事，并無錢侯事迹記載。英烈錢侯事迹，元趙孟堅《英烈錢侯記》（見清光緒《平湖縣志》卷九『顯忠廟』條引）有詳載。明嘉慶《松江府志》卷十八『忠昭應廟』條引《松江續志》云：『（霍光）其部有英烈錢侯者。昔者有閩人，錢姓，行七，航海至廟，慨然曰：「浮沉罔利，靡有止期，没事忠臣，賢於涉險。」即應廡間，叉手而逝。青齊向化之年，興師拒金。俄有陰兵千萬，排空而下，遥望旌旗，號「華亭錢太尉」。及交鋒，敵勢披靡。於是敕封英烈，歲時居民以錢配享。』姚氏所輯《雲間志》及《松江續志》之文，當本趙孟堅《英烈錢侯記》

之叙。

[四]見清光緒《嘉興府志》卷十一『壇廟二』。　明案：本條姚氏批注：『入「方祀」門「朱相公」下。』

烈士大王[一]　《平湖縣志》：『不知何神，爲獨山一方香火。』[二]

[一]烈士大王：浙江平湖民間祭祀之俗神。

[二]清光緒《平湖縣志》卷九『烈士大王廟』條：『（廟）在獨山北百步，不知何神。僧曰：此獨山一方香火。』

顧相公[一]　《九山志》：『神松江上海人，有伏虎之异，故裝一虎於案下，一方香火最著靈驗。』[二]　按：神諱、時代不可考。

[一]顧相公：浙江海鹽民間祭祀之俗神。

[二]清光緒《嘉興府志》卷十一『顧相公廟』條引《九山志》：『（廟）在雅山東麓。神松江上海人，有伏虎之异，故裝一虎於案下，一方香火最著靈驗。門外兩沙樸，樹大數抱，不知何年物。』

徐王[一]　按：范長發《紀略》[二]：『徐王，浙人也。自宋迄今五百餘歲，舊壁繪王出征始末，功績不著。當徽、欽北狩，王忠義不屈，歿於江右，隨即成神，今巢湖鴛鶖殿即王顯聖處。歲之八月王誕辰，仲春二月王夫人誕辰。故老相傳：每歲八月前，紅光燭天，徐王歸里。是年五穀豐登，歷有明驗。明末，王常顯靈，使此地免於兵刃。是以今郡士民甚爲感戴，□[三]賽爲一方盛會耳。』[四]

[一]徐王：安徽、江蘇、浙江等地民間祭祀之俗神。

[二]明案：范長發，浙江秀水人，字廷舒，康熙甲戌進士，後任南城縣令，有《息園集》等著作。《紀略》，范長發所撰短文。

[三]明案：□，姚氏原稿字迹缺損難辨，存疑待考。

[四]明案：見清道光《巢縣志》卷二十引《嘉興府志》轉載范長發《紀略》，文字略异。

蔣相公[一]　《嘉興府志》：『祀宋蔣崇仁。』[二]　按：神杭州人，兄弟三人，富而爲善，廣積米穀，遇歲荒歉即平糶焉，且聽糴者自量，故稱蔣自量云[三]，歷著顯應於杭嘉甚夥。宋咸淳六年，潛説友請封三神爲孚順、孚應、孚祐侯。[四]

[一]蔣相公：浙江嘉興、秀水等地民間所祀俗神，傳爲宋蔣崇仁三兄弟。蔣崇仁排行第七，人稱蔣七郎。八郎蔣崇義，九郎蔣崇信。

[二]見清光緒《嘉興府志》卷十『廣福行祠』條，文曰：『蔣侯祠……祀宋蔣崇仁。』

[三]明案：明崇禎《嘉興縣志》卷八『祥符禪寺』條云：『殿之東偏有靈應蔣相公祠。……《重修祥符寺蔣侯祠記》：「神，杭州人，兄弟三人，由本富，共爲善，廣積米穀，遇歲歉即平糶焉，且聽糴者自量，故稱蔣自量云。宋宣和間，方臘寇杭州，侯率家拒之。寇平，部使者上其功，未及禄而殁。殁後現夢於鄰家……土人即故宇爲祠祀焉。（咸淳）六年，盡封爲侯。」』

[四]明案：《道藏》本《搜神記》卷四『杭州蔣相公』條云：『神姓蔣，世爲杭州人，生宋建炎間……咸淳初，賜廟額曰廣福。六年，安撫潛説友請於朝，封神及二弟皆列侯，曰第一位孚順侯，第二位孚應侯，第三位孚祐侯。』又案：蔣相公事迹，另見《三教源流搜神大全》卷三、元秦子晋《新編連相搜神廣記》後集『杭州蔣相公』條。

博陸侯[一]

《至元嘉禾志》[二]：『祀漢大將軍霍光，封忠烈順濟昭應公。』[三]

[一]博陸侯：漢代侯名，授大將軍霍光及其子孫。浙江嘉興等地民間祀霍光爲湖神。

[二]《至元嘉禾志》：嘉興地方志書，元徐碩撰，凡三十二卷。

[三]徐碩《至元嘉禾志》卷十二『金山忠烈昭應廟』條引《吴國備史》：『大將軍霍光，自漢室既衰，舊廟亦毁，一日，吴王皓染疾甚，忽於宫庭附小黄門曰：「國王封界華亭谷極東南有金山鹹塘，風激重潮，海水爲患，下民將爲魚鱉所食，非人力能防。金山北古之海鹽縣一旦陷没爲湖，無火神力護也。臣，漢之功臣霍光也。臣部黨有力，可立廟於鹹塘，臣當統部屬以鎮之。」遂立廟，歲以祀之。宋宣和二年，賜顯忠廟；五年，封忠烈公。建炎三年，辛道宗領舟師由海道護行在所，奏加封忠烈順濟，且賜緡錢以新廟貌；四年，加封

昭應。』

步總管[一]　《海鹽圖經》[二]：『祀吴令步隲。』[三]　按：公字子山，建安時出領鄱陽太守，尋代陸遜爲丞相，居處手不釋卷如儒者，後鎮西陵十年卒。相傳某年旱，乞靈於公，有群雀乘雲，盤於祠上。雲結而雨，救灾衛民，合於祀法。[四]

[一]步總管：三國吴丞相步隲，江蘇淮陰人，浙江海鹽等地民間祭祀爲神。

[二]《海鹽圖經》：明天啓《海鹽縣圖經》之簡稱，地方志書，明樊維城主修、胡震亨輯著，凡十六卷。

[三]天啓《海鹽縣圖經》卷一『五之縣坊鎮鄉圖』條：『子巷五，左三右二，吴令步隲、宋令魯宗道祠在焉。』

[四]明案：姚氏此按，出自晋陳壽《三國志·吴志·張顧諸葛步傳》及海鹽、嘉興當地民間傳説。

楊太尉[一]　《澉水志》[二]：『寶慶三年，封顯應侯。』[三]

[一]楊太尉：浙江海鹽民間祭祀之海神，或爲宋將楊業。

[二]《澉水志》：地方志書，又稱《海鹽澉水志》，宋常棠撰，凡八卷。

[三]《海鹽澉水志》卷五『顯應侯廟』條：『顯應侯廟在長墻山後……至寶慶始，敕封顯應侯。陸龜蒙云：甌粤山椒水濱多廟貌。信夫廟中有神，曰楊太尉，尤爲靈异。凡客舟渡海祈禱，感應如響。』　明案：楊太尉，

諸志有姓無名。民國十一年龔嘉儁修《杭州府志》卷十二云：『按許聞造《宋太尉楊將軍靈應序》云：「太尉在宋雍熙間，手挈太原歸之真主，既而被命擊契丹，敵兵望見旌旗，輒引去，可謂智勇俱得矣。」是以太尉爲宋楊業也，州人祀爲海神。』

温元帥[一]

《增搜神記》：『帥姓温，名瓊，字子玉，後漢東歐郡人，今浙東温州也。世居白石橋，祖宗世隱。父諱望業，儒學明經，中科第，乃歉於嗣，以爲非孝。同妻張氏，諱偯，字道輝。禱於后土時，夜夢金甲神持巨斧，手托一顆明珠以惠張，云：「我乃六甲之神、玉帝之將，欲寄母胎，托質爲人，母肯允否？」張諾曰：「女流無識，聖賢顯萃，何敢方命？」其神委珠於懷而醒。張含靈十二月，祥雲繞室，异香馥座，誕帥於順帝漢安元年辛巳五月五日午時。時沐妊，姊曰：「此兒左脇有符文廿四篆，右脇有符文十六篆，人莫能識。」幼而神明，七歲學步天星，十歲通儒，經傳子史天文等，靡所不通。年十九，科第不中。二十六，明經射策亦不中。忽然嘆曰：「男子漢，生不能致君澤民，死當助帝誅奸滅邪，以伸吾志。」欝抑間，忽見蒼龍墮珠於前。卧而含之，流於腹。其會龍[二]直舞，障日騰金。帥扭爲環，截尾於手。忽然幻變，面青髮赤藍身，猱猛握簡，游衍坐立，英毅勇猛。泰山府君聞之，召爲佐岳之神，積力陰功。玉帝敕旨，封爲亢金大神，又封爲翼靈昭[三]武將軍兵馬都部署。其後累封爲東

岳統兵、天下都巡檢、五岳上殿奏事，急取罪人。案：玉皇殿前，左亢金翊靈昭武雷王祐侯温元帥。』[四]

[一]温元帥：道教護法神，爲護法四帥之一。
[二]會龍：《三教源流搜神大全》作『蒼龍』。
[三]靈昭：《三教源流搜神大全》作『靈照』，下文同。
[四]明案：明萬曆《新刻出像增補搜神記》中并無『温元帥』記載，此輯文另見《三教源流搜神大全》卷五『孚祐温元帥』條，文字略异。又案：本條姚氏批注：『天類』，意列『天地』門。

謝天君[一]

《增搜神記》[二]：『天君諱仕榮，字雷行。於唐貞觀初，一輪火光如斗，直射入山東火焰山東界，其父諱恩。帥性烈而不屈於豪，亦不敗於法。爲山陰令時，寮東役督司以催科故，嚇帥以千金。帥密拾其贓報。督怒之，無從也，因責以苦辦。諸若水銀盔甲，帥以錫飾者應；勒以鼓革牛膠，帥以敗甲爲膠而皮者爲甲奏進。督害之不足，又申之以將才，陰陷以把隘。帥即夜率數兵以襲，砍而塞虜心。賊又乘敗以襲我虛，帥又先移塞以伏弓弩待之，竟保無虞，蓋役愈苦而才愈辨，事愈險而功愈奇，赤心烈節，炳於天日。帥卒，陰受職於火德天君，執金鞭，架火輪，頭頂道冠，以司亢陽之令。』[三]

[一]謝天君：道教雷部天神之一，或稱謝仙。

[二]明案：明版《新刻出像增補搜神記》中無『謝天君』條。

[三]明案：輯文另見《三教源流搜神大全》卷四『謝天君』條，文字略异。又案：本條姚氏批注：『天』，意列『天地』門。

朱元帥[一]

《搜神記》[二]：『諱彦夫。』[三]

[一]朱元帥：道教北方真武大帝三十六天將之一，全稱爲管打不信道法朱元帥。

[二]明案：此《搜神記》，非晋干寶《搜神記》，或即《三教源流搜神大全》之异名。

[三]明案：《三教源流搜神大全》卷五『朱元帥』條云：『帥姓朱，諱彦夫，法號爲體元。昔胎寄於昆侖山頂，毓於癸亥年十月癸亥日，時乃六氣之精，黑霾四時不散而成型，藍青其體，蠶眉巨眼，飱霞爲乳，吸露爲漿。既長，以胎元爲袋，袋人物，七日化爲鐵水。布六氣爲六殺神，時發陰翳幔空，日月無光，民無良善，并痛其毒。……太清助（真武大帝）以逍遥扇，以扇其妖氣，命謝天君以火德星入其囊中，以燒其橐，帥無能爲也。帝獲，以劍指之曰：「汝能從我游，無以遍及人也。獨於不信道法者，以之處囊中焉，以警將來。吾能受汝元帥之職，以察詆侮聖賢。」帥唯唯受戒，乃左金鎚，右皂袋而威顯。』又案：明余象斗《北游記》（亦名《北方真武祖師玄天上帝出身志傳》）卷三云：『祖師等殺轉，與彦夫大戰……彦夫不能走脱，跌倒在地。衆將捉住，彦夫敗降。祖師用金丹一枚，補起毒袋，取出火丹，與彦夫食下。玉帝旨下，

封彥夫爲管打不信道法朱元帥，手執金槌，帶五毒袋，隨師行道。』是爲小説敷衍也。又案：本條姚氏批注：『天』，意列『天地』門。

張元帥[一]

《增搜神記》：『帥山東寧海人，父諱珪，母黄，夢金甲神而生，因名爲徒[二]，誕於則天癸卯八月癸卯酉時。幼而聰俊，長而神清，貌似靈官，美髭精聖。時史由科第，官至刺史，深諳人間事，耳聽政，口辯冤，筆金禁立斷，而民不冤焉。時上鍾意於年少俊士，詔貢以千[三]計，選應蓮花不給之役。帥耻之，以時多疸疫無中選者報，人賴以安，作生祠而祀之。陰封飛捷報應之職，兼理麻痘，後專以保童爲命。』[四]

[一]張元帥：道教北方真武大帝三十六天將之一，姓張名健，爲痘神，全稱盡忠張元帥。

[二]徒：《三教源流搜神大全》作『健』。明案：作『健』是也，蓋因『徒』、『健』形似而筆誤。

[三]千：姚氏原稿作『于』，今從《三教源流搜神大全》文改。

[四]明案：輯文另見《三教源流搜神大全》卷五『張元帥』條，文字略异。又案：本條姚氏批注：『天』，意列『天地』門。

辛興苟元帥[一]

《搜神記》[二]：『古雍州界有雷神山，至驚蟄時，雷氣發揚。二月爲卯，於令爲震，雷門布鼓之神，威氣閃赫，無物不折。至夏秋，雷藏地中，作鷄狀，入於谿岩内。時八月，雍民辛姓名興者，字震宇，母張，家貧，賣薪以養母。一日，往雷山採薪，見幽岩中成鷄形者五，帥心喜曰：「可爲進膳資耳。」獲以進母。母適餔，掇内衣授之，納於鷄稠[三]者四，隨以内衣覆其上，而欲烹其一。神鷄作人言曰：「予雷耳，不可啖，乞宥一副。」嫗弗允，則霹靂而起，母破膽昏跪焉。帥負薪携酒以入，抱母尸以哭，曰：「予何極也，抵至此利[四]？」乃拭泪，目其背，有金痕，曰：「混一之氣，青帝之英；威令所加，莫予敢攖；避惡誅邪，惟吾司命。」乃知雷也，泣而訴之昊，曰：「母非惡非邪，胡不以殛[五]邪而殛母耶？矧宥天下之爲惡，鷄名也。」遂并稠之雷鷄而槌，乃雷爲内室所掩，不能震第。英氣冲虚，而雹雨風霾交至欲下擊狀，哀其爲母而憐之，遂變爲道士，進而揖曰：「孝子獨不畏雷而反制雷，吾雷神，懼以傷而母，而無以怨也，余等願惟所命。」因奉十二火丹啖之。帥遂易形，妖其頭，喙其嘴，翼其兩背，左尖右槌，脚踏五鼓，而昇化母尸而去。天帝感其孝，封爲雷門苟元帥。』[六]

[一]辛興苟元帥：道教雷部護法神之一。

[二]明案：此言《搜神記》，或《三教源流搜神大全》之别本。

［三］稠：《三教源流搜神大全》作「栅」，下文同。
［四］抵至此利：《三教源流搜神大全》作「抑至此邪」。
［五］殛：姚氏原稿作「嫁」，誤，今從《三教源流搜神大全》文改。
［六］明案：輯文另見《三教源流搜神大全》卷五「辛興苟元帥」條。此輯前部文字與《三教源流搜神大全》基本相同，後部文字出入較大。又案：本條姚氏批注：「天」，意列「天地」門。

風火院田尉[一]

《搜神記》[二]：「尉[三]兄弟三人，孟苟[四]留，仲洪義，季智彪。父名鐫，母刁，名春喜，太平人氏。唐玄宗時，承詔樂師，典音律，猶善歌舞。鼓一擊而桃李笑，笛一弄而響遏流雲，韵一唱而紅梅破綻，猘一調而庶明風起。以玉奴、花奴，后侍御宴以酣，帝墨涂其面，令其歌舞，大悦帝顔而去，不知所出。復帝母感恙，瞑目間，則三尉翩然歌舞，鼙笳交競，琶弦索手，已而神爽形怡，其痾起。帝有「海棠春醒，高燭照紅」之句，而封之侯爵。至龍宫海藏鬼疫猖狂，天師作法，治之不得，乃請於尉。尉作神舟，統百萬兒，作鼓競奪錦之戲，京中謔噪。疫鬼出觀，助天師斷而送之，至今正月有遺俗焉。天師見其神异，故立法以玄壇。敕[五]和合二仙助顯道法，無[六]和以不合，無頤恙不解。天師保奏明皇，封爲冲天風火院太尉昭烈侯，二尉昭佑侯，三尉昭寧侯，父嘉濟侯，母縣，竇、郭、賀三太尉，金花小姐，梅花小姐，勝金小姐，萬回聖僧，和事老人，何公三九承士，都和合潘元帥，天和合梓元帥，地和合柳元帥，斗中楊、耿二仙使者，送夢報夢[七]孫喜，青衣童子。十蓮橋上橋下棚上棚下歡喜耍[八]咲歌舞紅娘粉郎聖衆，岳陽三部兒郎百萬聖衆。』[九]按此，則尉乃今演劇中之老郎神也。

[一]風火院田尉：道教及民間傳説中主管戲曲音樂之神，又稱九天風火院田元帥、田都元帥等。
[二]明案：此言《搜神記》，或即《三教源流搜神大全》之別本。
[三]尉：《三教源流搜神大全》作『帥』，下文同。
[四]荀：《三教源流搜神大全》作『苟』。
[五]敕：姚氏原稿作『初』，誤，今從《三教源流搜神大全》文改。
[六]無：姚氏原稿脱，今從《三教源流搜神大全》文補。
[七]夢：姚氏原稿脱，今從《三教源流搜神大全》文補。
[八]耍：姚氏原稿作『衆』，誤，今從《三教源流搜神大全》文改。
[九]明案：輯文另見《三教源流搜神大全》卷五『風火院田元帥』條，文字略异。

崔府君[一]

《神録》[二]：『君祈州鼓城人，諱子玉。父曰讓，世爲巨農，純良德義，鄉里推重，年五十無子，乃禱於北岳。是夜，夫婦並夢一仙童，手擎一合。讓問之，童曰：「帝賜合中物，令君夫婦吞之。」言訖，舉合視之，乃美玉二枚，各吞之而覺，誕君於隋大業三年六月六日。至唐貞觀七年，詔舉賢良。君赴都，朝廷除爲潞州長子縣令。正直無私，秋毫洞察，郡人皆言知縣晝理陽間，夜斷陰府，邑人立生祠祀之。後遷磁州滏陽縣令，亦有奇迹，卒年六十四。』[三] 按：玄宗避安逆之亂，帝夢神人告曰：『陛下駕不可別此方，賊不入而滅矣。」帝問姓名，曰：「臣乃磁州滏陽縣令崔子玉。』後如[四]果如其言。駕歸，封靈聖護國侯。武宗朝，加封護國威應公。宋真宗時，加封護國西齊王。至宋高宗南渡，君又顯聖，賜廟額曰顯衛。[五]

[一]崔府君：道教及民間傳説中之冥府判官助理，主管生死簿。
[二]明案：《神録》，未詳何書，疑即《磁州崔府君神异録》之簡稱，作者未詳，清姚福鈞輯《鑄鼎餘聞》卷三引有此書叙崔府君事迹，然文與此輯有异，或另有其書。
[三]明案：姚輯文字多與《三教源流搜神大全》卷二『崔府君』條文字相合，或從《三教源流搜神大全》文字删減綜合而成。
[四]如：衍文，當删。
[五]明案：姚氏按語見元秦子晋《新編連相搜神廣記·後集》『崔府君』條，輯文或爲姚氏從《新編連相搜神廣記》輯録而成。

靈泒侯[一]

《增搜神記》：『神姓名李琚，衛州人氏，字文[二]。周世宗朝爲將，善騎射，於國有功。後因病至重，有問疾者甚衆。公無別語，告衆曰：「我授山東淶河將軍。」言訖而[三]卒。後人立祠於此。唐開元元年[四]，封靈泒將軍。至宋[五]大中祥符八年，加封神爲靈泒侯。』[六]

[一]靈泒侯：山東淶河河神。

[二]明案：此句《新刻出像增補搜神記》、《新編連相搜神廣記》、《三教源流搜神大全》、《道藏》本《搜神記》諸本均作『李琚，本衛州三用人也。』無『字文』之説，或姚氏另有所本。

[三]而：諸本《搜神記》均作『公』。

[四]唐開元元年：諸本《搜神記》均作『唐玄宗開元年』。

[五]諸本《搜神記》『宋』下有『真宗』二字。

[六]明案：輯文另見《新刻出像增補搜神記》卷四、《新編連相搜神廣記》後集、《三教源流搜神大全》卷三、《道藏》本《搜神記》卷四『靈泒侯』條。

卷六　吉神

東王公[一]

《老子枕中經》[二]：『名倪，字君明。』[三]《太平廣記》[四]：『名括。』[五]《上真衆仙記》[六]：『東王公曰元陽父。元始天王，遇太元聖母而生。』[七]

[一]東王公：亦稱木公、扶桑大帝、東華帝君等，初爲原始神話人物，後爲道教尊神。

[二]《老子枕中經》：或即《太上老君枕中經》，老子撰，不分卷，《道藏》正一部有輯，然經中并無『東王公』之記載。

[三]明案：東王公之名諱，始見於唐段成式《酉陽雜俎·前集》卷十四《諾臯記上》，文曰：『東王公諱倪，字君明。……佩雜色綬，綬長六丈六尺，從女九千，以丁亥日死。』

[四]《太平廣記》：類書，宋李昉等編，凡五百卷。

[五]見《太平廣記》卷六十七『妙女』條引《通幽記》：『東王公是其季父，名括。』

[六]《上真衆仙記》：全稱《元始上真衆仙記》，撰者不詳，約出於南北朝，凡一卷。

[七]明案：輯文見《道藏》本《元始上真衆仙記》，原文爲：『元始君經一劫，乃一施太元母，生天皇十三頭，治三萬六千歲，書爲扶桑大帝東王公，號曰元陽父。』

西王母[一]　《酉陽雜俎》：『西王母姓楊，名回。』[二]《太平廣記》：『姓何，名婉妗，一字太虛。』[三]《集仙録》[四]：『西王母，九靈太妙龜山金母也，姓侯氏。三界十方，女子之登仙得道者咸隸。』[五]據此，則人之慶壽，有繪以貴婦人之像（一解）。《穆天子傳》[六]：『天子觴西王母於瑶池之上。』西王謡有「將子無死」句。[七]《吴越春秋》[八]：『大夫種進九術曰：「尊天事鬼，以求其福。」越王乃立東郊祭陽，名曰東王公；西郊祭陰，名曰西王母。事之一年，國不被灾。』[九]據此，則祈福壽者，循習於是（二解）。《山海經》：『狀如人，豹尾虎齒，蓬髮戴勝，是司天之厲及五殘。』[十]神人之説。據此，乃灾厲殘殺之氣，非吉神可知（三解）。《爾雅》[十一]：『觚竹、北户、西王母、日下，謂之四荒。』[十二]《大戴禮》[十三]：『舜時，西王母獻白玉琯。』[十四]據此，特海外國名，如後世女貞、八百媳婦之類，非神人也（四解）。

[一]西王母：又稱西王、西母、西姥、王母、王母娘娘、瑶池金母、金母元君、西靈王母、九靈太妙龜山金母、西池極樂金慈聖母、白玉龜臺九靈太真金母元君等，初爲原始神話中主管刑殺之厲神，後爲全真教師祖，道家尊神，女仙之首。

[二]見唐段成式《酉陽雜俎·前集》卷十四《諾皋記上》，原文爲：『西王母姓楊，諱回，治崑崙西北隅，以丁丑日死。一曰婉妗。』

［三］見《太平廣記》卷五十六『西王母』條。明案：明王世貞輯《列仙全傳》卷一云：『西王母，即龜臺金母也。以西華至妙之氣化而生於伊川，姓緱（一作何，一作楊），諱回，字婉妗，一字太虛。』

［四］《集仙録》：道書，即《墉城集仙録》之簡稱，唐杜光庭撰，原十卷，後佚，《正統道藏》洞神部譜箓類輯爲六卷，宋張君房《雲笈七籤》輯爲三卷。

［五］見《道藏》本《墉城集仙録》卷一及《雲笈七籤》卷一百十四輯《墉城集仙録》。明案：姚輯有删減，其輯文『侯』字，上兩書作『緱』。

［六］《穆天子傳》：傳記小説，作者佚名，凡六卷，學界以爲戰國時人撰。

［七］見《穆天子傳》卷三。

［八］《吴越春秋》：史書，東漢趙曄撰，原書凡十二卷，今本十卷。

［九］明案：此輯文係姚氏摘録，原文見《吴越春秋》卷九《勾踐陰謀外傳》。

［十］見《山海經》卷二《西次三經》。

［十一］《爾雅》：辭書，戰國至西漢成書，作者佚名，原書二十篇，今本十卷十九篇。

［十二］見《爾雅》卷七《釋地》。

［十三］《大戴禮》：經書，即《大戴禮記》，漢戴德撰，凡十三卷。

［十四］見《大戴禮記》卷十一《少閒》。

壽星［一］

《史記·封禪書》［二］：『杜、亳有壽星祠。』《索隱》云：『壽星，南極老人星也，祠以祈福壽。』［三］《宋史·禮志》［四］：『唐開元特置壽星壇，常以千秋節日祭之。』[五] 按：壽星，角、亢也，見於《爾雅》[六]，不知其狀貌。而世人繪像，每長其頭，亦不知何典。惟《南史·夷貊傳》[七]：『毘騫王身長丈二，頭長三尺，自古不死，號長頭王。』[八] 然則世所畫者，乃毘騫王，非壽星也。

[一]壽星：福、禄、壽三星之一，又稱南極老人星，爲道教尊神。
[二]《史記》：史書，又稱《太史公書》，二十四史之一，漢司馬遷撰，凡一百三十卷。
[三]《史記》卷二十八《封禪書》原文：『於杜、亳有三社主之祠，壽星祠。』唐司馬貞《索隱》原文：『壽星，蓋南極老人星也，見則天下理安，故祠之以祈福壽。』
[四]《宋史》：史書，二十四史之一，元脱脱等撰，凡四百九十六卷。
[五]見《宋史》卷一百三《禮志六》『壽星靈星』條，原文爲：『唐開元中，特置壽星壇，常以千秋節日祭老人星及角、亢七宿。』
[六]見《爾雅》卷六《釋天》。
[七]《南史》：史書，二十四史之一，唐李延壽撰，凡八十卷。
[八]見《南史》卷七十八《夷貊傳上》，原文爲：『毘騫國，去扶南八千里。傳其王身長丈二，頭長三尺，自古不死，莫知其年，……南方號曰長頭王。』

張仙[一] 《蜀地志》[二]：『邛州有挾仙樓。仙人張遠霄携彈往來，視人家有灾者，爲之擊散。此張仙所由昉也。』[三] 按此，不聞有祈子之説。惟《月令》[四]：『仲春，玄鳥至日，以太牢祠高禖，帶以弓韣，授以弓矢於高禖之前。』[五]今俗祀仙，多於二月，殆高禖之遺意乎？世傳爲梓潼神，或爲孟昶挾彈圖，花蕊夫人紿宋太祖之説，俱非的論。

[一]張仙：民間傳説中又稱挾彈張仙、送子張仙，爲道教祀奉之男神，來源諸説各异。
[二]《蜀地志》：未詳作者，明曹學佺《蜀中廣記》卷五十九引有此書。
[三]明案：宋徐樹丕《識小録》卷二『張仙』條：『挾仙樓，在四川邛州北崇真觀後。昔有仙人張遠霄者，往來於此，每挾彈，視人家有灾者，爲擊散之，此其故居也。按此，則世傳《張仙彈子圖》乃遠霄也。』
[四]《月令》：指《禮記·月令》。
[五]明案：輯文見《禮記·月令》『仲春之月』條，文字略异。

魁星[一]　《癸辛雜志》[二]：『太學先達歸齋，各有光齋之禮。狀元則送鍍金魁星杯柈一副。』[三]《日知録》[四]：『魁當奎之訛。奎爲文章之府，文士宜祀。』[五]按：今祠觀中多祀其像，漸及學宫，不知起於何時。《太約》[六]：『漢詔天下祀靈星。』注云：『天田也。』[七]而文昌、奎星、壽星之祀，後世漸爲增益耳。

[一]魁星：亦稱魁星爺、大魁夫子、大魁星君等，民間及道家所祀文章之神。

[二]《癸辛雜志》：即《癸辛雜識》，筆記書，宋周密撰，前集一卷、後集一卷、續集二卷、别集二卷，凡四集六卷。

[三]見清翟灝《通俗編》卷十九『魁星』條引《癸辛雜志》，原文見宋周密《癸辛雜識·後集》『光齋』條。

[四]《日知録》：筆記書，清顧炎武撰，凡三十二卷。

[五]明案：見翟灝《通俗編》卷十九『魁星』條引顧寧人（炎武）《日知録》，原文見顧炎武《日知録》卷三十二『魁』條。此條考魁星事詳曰：『今人所奉魁星，不知始自何年，以奎爲文章之府，故立廟祀之。乃不能像奎，而改奎爲魁。又不能像魁，而取之字形，爲鬼舉足，而起其斗。』

[六]《太約》：未詳何書。

[七]明案：清袁枚《隨園詩話》卷十五：『漢高祖始令天下祀靈星。《後漢書》注云：「靈星，天田星也。欲祭天者，先祭靈星。」』

和合[一]

《游覽志餘》[二]：『和合神，即萬回哥哥。』[三]《太平廣記》引《兩京記》云：『萬回姓張氏，宏農閿鄉人。其兄戍役安西，父母遣其問訊，朝齎而夕返其家。計宏農抵安西萬餘里，因號爲萬回。』[四] 按：今祀和合，必有二神，未可以萬回一人當之。國朝雍正十一年，封天台寒山大士爲和聖，拾得大士爲合聖。[五]寒山、拾得者，即釋家所謂文殊、普賢也，二人亦宋時人。又按：廣東有和合洞，無錫有和合祠，神姓盧，本兄弟二人。

[一]和合：又稱和合二仙、和合二聖，民間祭祀俗神，主管喜樂和平。

[二]《游覽志餘》：即《西湖游覽志餘》，散文集，明田汝成撰，凡二十六卷。

[三]《西湖游覽志餘》卷二十三：『宋時，杭城以臘月祀萬回哥哥，其像蓬頭笑面，身著緑衣，左手擎鼓，右手執棒，云是和合之神，祀之可使人在萬里外亦能回來，故曰萬回。』

[四]見《太平廣記》卷九十二『萬回』條，該條言引自《談賓録》及《兩京記》。明案：《談賓録》，唐佚名撰，原書佚，明陶宗儀《説郛》（涵芬樓本）卷三、卷七十三輯有佚文。又：《宋史·藝文志第一百五十九》列有《談賓録》五卷，作者胡璩，《新唐書·藝文志》作『璩』），未知是否爲同一書。《兩京記》，即《東西京記》，唐韋述撰，凡五卷，今存卷三殘文。

[五]明案：姚氏此按本清翟灝《通俗編》按語，見翟灝《通俗編》卷十九『和合二聖』條。

利市[一]

《圖繪寶鑒》[二]：『宋時嘉禾好爲利市仙官，骨格態度，俗工莫及。』[三]仙官之畫，爲宰官身久矣。按：江湖間多祀一姥，曰利市婆，或言利市波，乃神所居之地名，婆波形音相似而誤。此或其一方所見，未可知，因附録云。[四]

[一]利市：又稱利市仙官，爲民間祭祀小財神，傳爲財神趙公明之徒，其妻爲利市仙婆。

[二]《圖繪寶鑒》：繪畫史書，元末明初夏文彦撰，凡五卷。

[三]見《圖繪寶鑒》卷五『宋嘉禾』條，原文爲：『宋嘉禾，上黨人……好作利市仙官和尚，骨格態度，俗工莫及。』

[四]明案：姚氏此按本清翟灝《通俗編》卷十九『利市仙官』條引元虞裕《談撰》。

鍾馗[一]　《丹鉛録》[二]：『俗傳鍾馗起於唐明皇之夢，非也，見《北史》。堯暄，本名鍾葵，字辟邪，後世因畫「鍾葵辟邪圖」；劉宋宗慤妹，亦名鍾葵，後人因作「鍾葵嫁妹圖」，總總附會。但葵與馗二字相异耳。』[三]按：漢有李鍾馗，隋將有喬鍾馗、楊鍾馗，唐人有張鍾馗，皆以鍾馗爲名。鍾馗之名，非始於開元可知。若《左傳》[四]『商民七族』，有終葵氏[五]，則又先於漢隋者。

[一]鍾馗：民間信仰及道教祭祀之賜福鎮宅聖君，身份多變，時爲財神，時爲門神，時爲斬凶五毒之神。

[二]《丹鉛録》：札記書總名，明楊慎撰，分爲《丹鉛總録》二十七卷，《丹鉛餘録》十七卷，《丹鉛續録》十二卷，《丹鉛摘録》十三卷，《丹鉛雜録》十卷。

[三]明案：見楊慎《丹鉛總録》卷十三『鍾葵、鍾馗、終葵』條，姚氏輯録時有删節調整。

[四]《左傳》：全稱《春秋左氏傳》，亦稱《春秋左傳》，十三經之一，春秋魯國左丘明撰，凡六十卷。

[五]見《左傳·定公四年》，原文爲：『殷民七族，陶氏、施氏、繁氏、錡氏、樊氏、饑氏、終葵氏。』

吉神[一]　《山齋雜録》：『泰逢，吉神也。如人而虎尾，居和山五曲，出入有光。』[二]

[一]吉神：民間傳説中吉祥之神。

[二]明案：吉神泰逢，古已有之，《山海經·中次三經》：『和山，其上無草木而多瑶、碧，實惟河之九都。是山也五曲，九水出焉，合而北流注於河，其中多蒼玉。吉神泰逢居之，其狀如人而虎尾，是好居於萯山之陽，出入有光。泰逢神動天地氣也。』清蘇完瓜爾佳·景林《山齋雜録》之文，即本此。

增福神、增財神[一]

《翰墨大全》[二]：『天曹增福神、天曹增財神，俱九月十七生。』[三]

[一]增福神、增財神：民間祭祀俗神，又稱增福相公、文財神或合稱增福財神。

[二]《翰墨大全》：類書，亦稱《翰墨全書》，宋劉應李撰，凡二百八卷，今《新編事文類聚翰墨全書》凡一百三十四卷。

[三]見《新編事文類聚翰墨全書》丙集卷四，原文爲：『（九月）十七日，天曹增福相公生日。』明案：《續修四庫全書》本《翰墨全書》并無『天曹增財神』之説，或姚氏另有所本。又案：清蕭智漢《月日紀古》卷九引《翰墨大全》：『九月十七日，天曹增財神生。』然『增財神』事迹無考，『增福神』事迹見下『增福相公』條。

隨糧王[一]

世傳神姓金，不知所典。[二]按：《春秋佐助期》：『天廩倉神。』[三]今所祀者，得毋是輿？

[一]隨糧王：浙江嘉善西塘民間所祀地方神，全稱護國隨糧王，傳爲姓金，行七，民間又稱七老爺，今存護國隨糧王廟。

[二]明案：清道光《建德縣志》卷十六輯博白知縣胡書源《建昌山金元七總管廟記》云：『相傳宋時洪水泛溢，遥見山巔有老翁操彗掃，河水立涸。事聞，因即山建龍王廟，賜額順濟，旱禱亦輒驗。或曰潭有神龍居之，其即是歟？後有七總管者，南宋時人，籍隸姑蘇，姓金氏，名鑛，生有靈异，幼即爲神。元以功封利濟侯，三吴廟祀甚盛。明李文忠平睦寇，忽見兵仗旌旄擁護前後，命巫祝之，曰：「金元七總管也。」上其事，封海潮王。久之，謀徙祠，請神於馬上，卜址，遂駐迹順濟廟中屹焉，山立不爲動。……國朝敕封隨糧王。』

[三]《太平御覽》卷一九〇引《春秋佐助期》：『天廪倉神，名均明。』

增福相公[一]

《增搜神記》：『公姓李，諱詭，祖在魏文帝朝治相府事，晝管陽門[二]，决斷邦國冤屈不平之事，夜判陰府是非枉錯文案，兼管三品以上官人衣飲禄料，及在世居民每歲分定，合有衣食之禄。至後唐[三]天成元年，封神爲增福相公。』[四]

[一]增福相公：即增福財神，見前。

[二]門：《新刻出像增補搜神記》作『間』。

[三]『至後唐』下脱『明宗朝』三字，見《新刻出像增補搜神記》。

[四]明案：輯文另見《新刻出像增補搜神記》卷六『增福相公』條及《道藏》本《搜神記》卷六：『增福相公』條，文字略异。

福神[一]

《增搜神記》：『神本道州刺史楊公，諱成，字昔溪也。武帝愛道州矮民，以爲宫奴。其時，民間生男，選揀侏儒好者，每歲貢上，不下數百。刺史楊公來守，奏聞云：「臣按五[二]典，本王[三]只有矮民，無矮奴也。」帝感悟，嗣後不復貢。郡人立祠，繪像供養，以爲本州福神。後天下士庶皆敬奉，稱爲福禄神[四]。』[五]

[一]福神：湖南道州一帶地方俗神。

[二]五：《新刻出像增補搜神記》作『部』。

[三]王：《新刻出像增補搜神記》作『土』。

[四]福禄神：《新刻出像增補搜神記》作『福禄財門之神』。

[五]明案：輯文另見《新刻出像增補搜神記》卷六、《道藏》本《搜神記》卷六『福禄財門』條，及《三教源流搜神大全》卷四『福神』條，姚氏輯録時有删改。

三姑[一]

《括异記》[二]：『華亭縣北七十里，有澱湖，山上有三姑廟。每歲湖中群蛟競鬥，水爲沸騰，獨不入廟中，神極靈异。向年有漁舟艤湖口，忽見一婦人附舟，云：「欲澱山寺。」及抵岸，婦人直入寺去，舟中止遺一履。漁人執此履以往索渡錢，寺僧甚訝之，曰：「此必三姑顯靈。」因相隨至殿中，果見左足無履，坐旁百錢在焉。」，遂授漁人。』[三]《名勝志》[四]：『相傳姑爲秦人祁氏女，孟曰降聖，仲曰月華，季曰雲雀，能役鬼工，以治湖泖。』[五]

[一]三姑：舊松江府金山縣（今屬上海金山區）民間祭祀地方湖神。

[二]《括异記》：又名《括异志》、《閑窗括异志》，筆記小説，宋魯應龍撰，凡一卷。又北宋張師正另撰有《括异志》十卷。

[三]明案：見明陶宗儀《説郛》（宛委山堂本）卷一百十六輯宋魯應龍《括异志》，姚氏輯録時略有改動。

[四]《名勝志》：未詳撰者及時代。

[五]明案：清乾隆《金山縣志》卷十六『古迹』云：『三姑祠在拓湖。相傳秦人邢氏女，入湖爲神，能役鬼工，濬泖湖以弭水患，邦人祀之。』……按何松年記：「三姑，長曰雲鶴，主沈湖；次曰月華，主拓湖；季曰降聖，主澱湖。」』《金山縣志》所叙三姑之長幼順序，恰與姚輯《名勝記》相反，未知孰是。又案：本條姚氏批注：『此條在「土祀」』。

吴客三真君[一]

《道録》[二]：『周厲王有諫官唐、葛、周。王好田[三]獵失政，三官屢諫不聽，乃南游於吴，代吴迎楚敵（按此内一段言甚俚鄙，節去），至宣王即位，復歸。』[四]按：唐宏，字文明，封孚靈侯（七月廿一誕）；葛雍，字文度，封威靈侯（二月十三誕）；周斌[五]（一作實），字文剛，封泱靈侯（十月初三誕），此封號不知何代始。[六]又按：宋大中祥符元年，帝東封岱，至天門，忽見三仙，自空而下。帝敬問之，曰：「臣奉天命，駕衛玉駕。」乃封三仙爲上元道化唐真君、中元護正葛真君、下元定志周真君，同判岱岳冥司。[七]此後，人有三真君即三官之言。

[一]吴客三真君：道教尊神，亦稱三元夏君，爲天地水神。
[二]《道録》：此爲道教書籍之泛稱。
[三]田：《道藏》本《搜神記》、《三教源流搜神大全》、《新刻出像增補搜神記》均作『畋』。
[四]明案：見《三教源流搜神大全》卷二『吴客三真君』條，姚氏有删減。
[五]斌：《道藏》本《搜神記》、《新刻出像增補搜神記》均作『武』。
[六]見《三教源流搜神大全》卷二『吴客三真君』條。
[七]明案：輯文另見《三教源流搜神大全》卷二，然清葉德輝校刊本《三教源流搜神大全》部分文字缺失，可另見《道藏》本《搜神記》卷二『吴客三真君』條，及《新刻出像增補搜神記》卷二『吴客三真君』條。

揚州五司徒[一]

《增搜神記》：『揚州英顯司徒茅、許、祝、蔣、吴五姓，血食是邦久矣。』[二] 按：五司徒，梁時義士。茅名知勝，餘並未詳。身前能除虎患，後立廟江都，隨禱輒應。隋煬帝時，曾護駕有功，封司徒。唐加封侯號。宋紹定辛卯，助克李全，封八字侯號，後屢佑生民。賈似道奏請加封王號：茅靈威忠惠翊[三]順王、許靈應忠利輔順王、祝靈助忠衛佐順王、蔣靈佑忠濟助順王、吴靈勇忠烈孚順王。[四]

[一]揚州五司徒：江蘇揚州地區民間及道教崇祀之五神。
[二]明案：輯文另見《三教源流搜神大全》卷三『揚州五司徒』條。
[三]翊：姚氏原稿脱，今據《三教源流搜神大全》文補。
[四]明案：姚氏此按本《三教源流搜神大全》卷三『揚州五司徒』條文字綜合而成。五司徒本事另見《新刻出像增補搜神記》卷四、《道藏》本《搜神記》卷四『揚州五司徒』條，文字及第五位神封號略异。

五顯靈君[一]

《靈應録》[二]：『五顯公之神，在天地相與本始，唐光啓中乃降，圖籍莫有登載，故後來莫有考據。自唐以後，福佑斯民。至宋大觀以來，屢次加封。至理宗朝，加八字王號：一顯（聰昭應靈格廣濟王、慶協惠昭助夫人），二顯（明昭烈靈護廣佑王、惠協慶善助夫人），三顯（正昭順靈衛廣惠王、濟協佑正助夫人），四顯（直昭佑靈貺廣澤王、佑協濟喜助夫人），五顯（德昭利靈助廣成王、福協愛静助夫人）。王祖父母封（啓佑喜應敷澤侯、衍慶助順慈貺夫人），王父母封（廣惠慈濟方義侯、崇福慈濟慶善夫人），妹（長、次）封（喜應贊惠淑、懿順福淑靖）顯夫人。神佐有：黄衣道士，紫衣員覺大師，輔靈翊善史侯，輔順翊惠卞侯，翊應助順周侯，令狐寺丞，王、念二元帥，拱打高太保，都打拱胡靖一總管，打拱黄太保，打拱王太保，打拱胡百二檢察，金吾二太使，賞善罰惡判官。』[三] 按：神之稱顯隆矣，且宋承節郎張大猷有記，迪功郎胡昇載其迹於《羅源志》[四]，而終莫考其姓名時里。

[一]五顯靈君：道教尊神，又稱爲五顯大帝、五顯靈官、五路財神、華光大帝等，南方諸省及南洋華人多崇祀。

[二]《靈應録》：《道藏》本《搜神記》、《三教源流搜神大全》引作《祖殿靈應集》，未詳撰者及時代。

[三]明案：輯文另見《道藏》本《搜神記》卷二、《三教源流搜神大全》卷二『五聖始末』條，姚氏輯有删減調序。

[四]《羅源志》：疑爲《羅源縣志》之簡稱。明案：清康熙《羅源縣志》卷二：『五顯廟，原在西門口，後爲朱世忠毀棄，遂改建於後張口，歷年里人重修，以爲一方土王。』

昭靈侯[一]

《增搜神記》：『南陽張公，諱路斯，隋初家於潁上縣百社村。年十六，中明經。唐景龍中爲宣城令，有才能。夫人石氏，生九子。自宣城罷歸，釣於焦氏臺之陰。一日，見釣處有宫室樓殿，遂入居之，自是夜出旦歸。夫人問之，公曰：「我龍也，蓼人鄭祥遠亦龍也，與我争此居，來日當使九子助我。頭有絳綃者，我也；青綃者，鄭也。」明日，九子以弓矢射青綃者，中之，怒而去。公逐之，所過爲谿谷，以達於淮。而鄭投於合淝之西山以死，九子皆化爲龍，而石氏葬閔洲。公之兄爲馬步使者，子孫散居潁山。』[二] 按：此事見於唐趙耕文中，歐文忠公載於《集古録》[三]，宋時屢顯，故學士陶穀有記，學士蘇軾致其骨於西湖之行祠[四]。熙寧中，封昭靈侯，石封柔應夫人。[五]

[一]昭靈侯：安徽潁淮地區民間所祀龍神，與『龍生九子』傳説有關。
[二]明案：輯文另見《新刻出像增補搜神記》卷五『昭靈侯』條，文字有删減。
[三]明案：唐趙耕曾作《張龍公碑》，詳記張路斯門龍故事，北宋歐陽修《集古録》卷十輯有趙耕《張龍公碑》一文。
[四]明案：北宋蘇軾任潁州知府時，曾作《昭靈侯碑記》刻於張公祠壁，碑記見《東坡全集》卷十五。
[五]明案：見《新刻出像增補搜神記》卷五『昭靈侯』條，亦見《三教源流搜神大全》卷三、《新編連相搜神廣記》後集、《道藏》本《搜神記》卷五『昭靈侯』條。

蔣莊武帝[一]　《搜神記》：『帝諱子文，揚州人，漢末爲秣陵尉。逐賊至鐘山下，擊傷額而死。及吴先主[二]初，其故吏見帝[三]於道，乘白馬，執白羽扇，侍從如平生。吏見驚走，帝呼曰：「我當爲土地[四]，以福爾下民，爲我立廟。否，使蟲入人耳爲灾。」吴王[五]以爲妖言，後果有蟲入人耳死者。又云：「爾不祀我，當有大火。」是歲數火。

又云：「不祀有大疫。」吴王患之，封中都侯，加印[六]，立廟於建康之鐘山，更名蔣山。』[七]按：神於晉蘇竣之亂，帝顯聖。大元苻堅入寇，又顯。劉宋加相國大都督。齊永明中，助平崔慧景，新其廟宇。南唐謚曰莊武，徐鉉奉敕，納碑載其事。[八]

[一]蔣莊武帝：江蘇南京等地民間及道教所祀土地神。

[二]主：《道藏》本《搜神記》作『生』。

[三]帝：《道藏》本《搜神記》作『子文』，下文同。

[四]《道藏》本《搜神記》『地』下有『神』字。

[五]吴王：《道藏》本《搜神記》作『吴主』，下文同。

[六]《道藏》本《搜神記》『印』下有『綬』字。

[七]明案：另見《道藏》本《搜神記》卷四『蔣莊武帝』條，文有删簡。

[八]明案：姚按亦本《搜神記》文，文中提及之蘇竣、苻堅、崔慧景，均爲當朝爲亂者。又案：南唐徐鉉奉旨撰有《蔣莊武帝新廟碑銘》一文，載《全唐文》卷八百八十四。又案：本條輯文另見《三教源流搜神大全》卷三、《新編連相搜神廣記》後集、《新刻出像增補搜神記》卷四『蔣莊武帝』條。

威濟李侯[一]

《增搜神記》：『侯諱禄安，吉州長興縣童莊人，生於宋崇寧三年正月十八。長而神异，能言人休咎。年十八，當宣和三年三月，預告鄉社云：「吾將往山東膠西，爲國幹事，恐須數年方歸。」遂端坐而逝，遠近莫不异之。其後屢有靈迹見於本鄉。於是父老立香火之地而祠祭之。開禧三年十月三日，知縣趙準狀申濟惠顯應實迹，賜曰顯應。寶慶元年，陳昂等列狀請彰神烈，以慰民望，奉敕封威濟侯。』[二]

[一]威濟李侯：浙江長興民間所祀地方神。

[二]明案：輯文另見《三教源流搜神大全》卷三『威濟李侯』條，文有删簡。亦見《新刻出像增補搜神記》卷四、《道藏》本《搜神記》卷四『威濟侯』條。

卷七　釋家

阿彌陀佛[一]　《周書异記》[二]：『周昭王二十四年，天竺迦繼衛國净飯王妃摩耶氏，夢天降金人，遂有孕，於四月八日，太子生於右脇，名悉達。』[三]《陀羅尼集》[四]：『佛姓憍尸迦。』[五]　按：《婆沙論》[六]：『帝釋長一拘盧舍』[七]，謂長四百丈也。又按：佛父，獫狁國王，名屑頭耶，母名莫邪。後人改父曰净飯王。母曰摩耶，非，摩耶是其祖名。佛未出家時娶妻曰耶輪跎，生子曰摩睺羅。出家十二年歸，妻子復聚居。今僧徒無妻子者，非佛之本□[八]也。

[一]阿彌陀佛：漢傳大乘佛教中西方極樂世界之教主，亦稱無量光佛、無量壽佛。

[二]《周書异記》：撰者不詳，學界以爲晋唐間人僞作，原書今佚。

[三]明張岱《夜航船》卷十四『佛教』條引《周書异記》：『周昭王二十四年四月八日，山川震動，有五色光入貫太微。太史蘇由奏曰：「有大聖人生於西方，一千年外，聲教及此。」即佛生之日也。』又引同書：『天竺迦維衛國净飯王妃，夢天降金人，遂有孕，於四月八日太了生於右脇；名悉達多。』

[四]《陀羅尼集》：佛書，撰者及譯者未詳。

[五]唐慧海《諸方門人參問語録》卷下：『法明又曰：「阿彌陀佛有父母及姓否？」師曰：「阿彌陀姓憍尸迦，父名月上，母名殊勝妙顔。」曰：「出何教文？」師曰：「出《陀羅尼集》。」』

[六]《婆沙論》：佛書，亦名《大毘婆沙論》，唐玄奘譯，凡二百卷。

[七]唐釋道世《法苑珠林》（明萬曆刊本）卷五引《婆沙論》：『帝釋身長一拘盧舍。』

[八]明案：□，姚氏原稿字迹缺損難辨，存疑待考。

觀音[一]　《莊岳委談》[二]：『今塑畫觀音，無不聞作婦人。考《宣和畫譜》，唐宋名人寫像，俱不飾婦人冠服，惟宋人小説載甑龍友《觀音偈》云：「巧笑倩兮，美目盼兮，彼美人兮，西方之人兮。」則宋時間有致訛。而元僧謭陋無識，遂以爲妙莊女王，可甚矣。』[三]　按：《感應傳》[四]：『元和十二年，菩薩大慈悲力欲化陝右，示現爲美女子。』[五]相傳有變女之説，世人不察，改其莊嚴爾。

[一]觀音：佛教西方三聖之一，又稱觀世音菩薩、觀音菩薩等。

[二]《莊岳委談》：明胡應麟撰，凡二卷，收入胡應麟《少室山房筆叢》。

[三]明案：此輯係姚氏本《莊岳委談》文字改寫，原文見明胡應麟《少室山房筆叢》卷四十《莊岳委談》卷上。

[四]《感應傳》：即《觀世音菩薩感應傳》，撰者未詳。

[五]元覺岸《釋氏稽古略》卷三引《觀世音菩薩感應傳》：『有嗣法者甚盛，師嗣馬祖、馬郎婦，觀世音也。元

和十二年，菩薩大慈悲力欲化陜右，示現爲美女子。』

韋馱[一] 《翻譯名義》[二]：『韋馱是符檄，用徵召也。』[三]據此，與今所稱護法韋馱無涉。《正法念經》[四]：『昔有國夫人生千子試當來成佛之次，至樓至當第千籌。其第二夫人生二子，一願爲梵王，請千兄轉法輪；次願爲密迹金剛神，護千兄教法。』[五]據此，今狀其像於伽藍之門者有因。

[一]韋馱：佛教護法天神，又稱韋馱天、韋馱菩薩等。

[二]《翻譯名義》：佛教辭書，即《翻譯名義集》，南宋法雲編，凡七卷（一作二十卷）。

[三]明案：見清翟灝《通俗編》卷十九『韋馱』條引《翻譯名義》。《通俗編》原文爲：『韋馱是符檄，用徵召也，與今所稱護法韋馱無涉。其護法者，蓋跋闍羅波膩。跋闍羅，此云金剛。波膩，此云手。其手執金剛杵，因以立名。』

[四]《正法念經》：佛經，又名《正法念處經》，元魏般若流支譯，凡七十卷。

[五]見清翟灝《通俗編》卷十九『韋馱』條引《正法念經》。

四金剛[一] 《長阿含經》[二]：『東方天王，名多羅吒，領乾闥婆，及毘舍闍神將，護弗婆提人。南方天王，名毘琉璃，領鳩盤荼，及薜荔神，護閻浮提人。西方天王，名毘留博叉，領一切諸龍，及富單那，護瞿耶尼人。北方天王，名毘沙門，領夜叉羅刹將，護欝單越人。』[三]　按：此即俗所謂四金剛也。然曰金剛者，以所執之杵而言。又《婆沙論》：『四天王身長一拘盧舍四分之一。』[四]考西國以五百弓爲拘盧舍，八尺爲弓，蓋其長百丈，故今塑天王特長大。然又云：『三十三天長半拘盧舍，帝釋身長一拘盧舍。』[五]而世之塑諸天帝釋又不甚大，何也？[六]

[一]四金剛：佛教護法神，又稱四大金剛或四大天王。今塑像手中所持法器劍、琵琶、傘、蛇，民間傳説分别象徵『風、調、雨、順』。

[二]《長阿含經》：佛教經典合集，後秦佛陀耶舍、竺佛念譯，凡二十二卷，收録經文三十部。

[三]見清翟灝《通俗編》卷十九『四金剛』條引《長阿含經》。

[四]見清翟灝《通俗編》卷十九『四金剛』條引《婆沙論》。　明案：亦見唐釋道世《法苑珠林》（一百二十卷本，下同）卷五引《婆沙論》。

[五]見唐釋道世《法苑珠林》卷五引《婆沙論》。

[六]明案：姚按亦出《通俗編》卷十九『四金剛』條翟灝按，文字略有改動。

東土六祖[一]

《傳燈録》[二]：『一祖達磨，姓刹利帝，本名菩提多羅。二祖慧可，姓姬，名神光。三祖名燦[三]。四祖道信，姓司馬。五祖宏忍，姓周。六祖慧能，姓盧。』[四] 按：達摩，南天竺刹利帝名香至第三子，梁普通七年至金陵，爲東土初祖。二祖，中土人。三祖，北齊天平間人，隱居皖公山。四祖生於廣濟。五祖先爲破頭山栽松道者，後托生於浣衣女子。六祖嶺南人。[五]

[一]東土六祖：佛教禪宗在中國傳承之六位祖師，即初祖達摩、二祖慧可、三祖僧璨，四祖道信、五祖弘忍、六祖慧能。

[二]《傳燈録》：宋代以降，《傳燈録》版本及撰者各异，此指《景德傳燈録》，宋道原撰，凡三十卷。

[三]燦：《景德傳燈録》作『璨』。

[四]見《景德傳燈録》卷三『中華五祖并旁出尊宿』及卷五『慧能法師及其法嗣』。明案：輯文係姚氏綜合改寫，非連貫之原文。

[五]明案：姚氏此按亦本道原《景德傳燈録》。

迦葉[一] 《長阿含經》：『拘留孫佛、拘那舍牟尼佛、迦葉佛，俱姓迦葉。』[二]《婆沙論》：『拘留孫佛、拘那舍牟尼佛，俱長二十五由旬。迦葉佛，長一十六丈。』[三]

按：旬與尋通。

[一]迦葉：佛祖釋迦牟尼十大弟子之一，佛祖涅槃後，率衆弘揚佛法，是爲初祖。迦葉，另作姓氏。

[二]見《長阿含經》卷一《大本經》。明案：《大正藏》本《長阿含經》『拘留孫佛』作『拘樓孫佛』、『拘那含牟尼佛』作『拘那含佛』。

[三]明案：唐釋道世《法苑珠林》（一百二十卷本）卷十三引《觀佛三昧經》云：『拘留孫佛身長二十五由旬，圓光三十二由旬，通身光五千由旬。拘那含牟尼佛身長二十五由旬，圓光三十由旬，通身光長四十由旬。迦葉佛身長十六丈，圓光二十由旬。』

拘若利[一]　《長阿含經》：『毘婆尸佛、尸棄佛、毘舍婆佛，俱姓拘若利。』[二]《婆沙論》：『毘婆尸佛，長六十由旬。尸棄佛，長四十由旬。毘舍婆佛，長三十二由旬。』[三]

[一]拘若利：佛經中佛之姓氏。

[二]見《長阿含經》卷一《大本經》，原文爲：『毘婆尸佛出刹利種，姓拘若利；尸棄佛、毘舍婆佛種，姓亦爾。』

[三]明案：唐釋道世《法苑珠林》（一百二十卷本）卷十三引《觀佛三昧經》云：『毘婆尸佛身長六十由旬，圓光百二十由旬。尸棄佛身長四十由旬，圓光四十五由旬。毘舍婆佛身長三十二由旬，圓光四十二由旬。』

十王[一]　《法苑珠林》[二]：『閻羅王者，昔爲沙毘[三]國王。常與維陀如生王戰，兵力不敵，因立誓願爲地獄主。臣佐十八人，悉忿對同誓曰：「後當奉助，治此罪人。」十八人即主領十八地獄。』[四]《五天使者經》[五]：『人當墮地獄，則主者持行，白於王，具其善惡。王爲現五使者而問。』[六]《暌車志》[七]：『張叔言判冥鬼有十人，而十人内，兩是婦人。』[八]《庚巳編》[九]：『王有二子，長名江，次名海。』[十]按：第一説甚爲不經，蓋王必正直，而始事先留私見，恐未必然。第二説是一人分現爲五；而十殿未聞焉。第三説則今畫十王，並無女像。第四説王亦有子，甚异。而釋子之言則又稱：一殿秦廣王，二殿楚江王，三殿宋帝王，四殿五官王，五殿閻羅王，六卞城王，七泰山王，八都市王，九平等，十轉輪王。[十一]愚意云：十王者，出於釋氏，彼且難爲莊論，何世人以冥事刺刺不休哉。

[一]十王：佛教所稱冥府十判官，又稱十殿閻王或十殿閻羅。

[二]《法苑珠林》：佛教百科全書，唐釋道世撰，凡一百卷。　明案：明萬曆刊本作一百二十卷。

[三]沙毘：明萬曆一百二十卷本《法苑珠林》作『毘沙』。

[四]見清翟灝《通俗編》卷十九『十王』條引《法苑珠林》，原文見《法苑珠林》（一百二十卷本）卷十二『典主』。

[五]《五天使者經》：佛經，全稱《佛説閻羅王五天使者經》，宋沙門慧簡譯，不分卷。

[六]見清翟灝《通俗編》卷十九『十王』條引《閻羅王五天使者經》。　明案：《佛説閻羅王五天使者經》原文

爲：『其人身死，魂神當墮閻王地獄，主者輒持行白王言其過惡。此人非法不孝父母，不敬沙門道人，不隨仁義無可用心，無有福德不恐畏死，當有所見唯大王處其罰。如是，閻王常先安徐，以忠正語爲現五天使者而問言。』

[七]《睽車志》：志怪小説集，宋郭彖撰，凡六卷。

[八]見清翟灝《通俗編》卷十九『十王』條引《睽車志》。

[九]《庚巳編》：志怪小説集，明陸粲、顧起元撰，凡十卷。

[十]見《庚巳編》卷五『胥教授』條。明案：該條記：『閻氏兄弟二人來從游，長曰江，次曰海』，訪胥教授家，後『胥乃大驚，方知二生爲閻君之子，而所游者冥府也。』

[十一]明案：此十殿王亦爲道教十殿閻羅王。

彌勒佛[一]　《釋典》[二]：『一祖摩訶迦葉，二祖阿難彌勒。』[三]《成佛經》[四]：『彌勒佛讚言：釋迦於大衆中常所讚嘆：頭陀第一。』[五]按：彌勒發心在釋迦前，一進一退，釋迦超六劫而先証菩提。今以《法華經》[六]考之，日月燈明佛時，文殊以妙光菩薩爲上足弟子，作七佛師。而文殊八百弟子中，有求名菩薩，貪著利養，雖復誦經而不通利，多所遺失，是爲彌勒，亦自稱心重世名好游，姓族。至燃燈佛出現於世，乃得成無上妙圓識心三味識性流出無量如來。[七]而釋迦於時，僅一獻花布髮男子耳，其先後輩可知。但燃燈現，釋迦即授記作佛，而彌勒又歷諸無央佛，愈七佛至釋迦而始授記。

夫釋迦之精，進在燃燈前，不應始獻花布髮；若在燃燈後，不應彌勒而授記也。彌勒紫金身十六丈，而釋迦止丈六尺；彌勒壽八萬歲，而釋迦僅八千歲；彌勒行化之地東西四十萬里，南北三十萬里，王國鷄頭末城，周圍四百八十里，而釋迦僅化五天竺諸胡，不過十萬餘里。净飯所都與王舍，其城不過四十里；彌勒之地若琉璃鏡平，無邱陵坎窞，人無夭札戰鬥，而釋迦返之，所謂五濁世界也。釋迦有正報身而彌勒無聞。釋迦二輔文殊、普賢，皆古佛現身，而彌勒無着。其優劣何如？又按：今人稱爲布袋和尚，非。考布袋和尚，嘗寓奉化之寉林寺，日皤以杖，荷一布袋，凡供具悉貯袋中，隨地偃卧。梁貞明三年，坐石上尸解。

[一]彌勒佛：漢傳大乘佛教八大菩薩之一，釋迦牟尼繼任佛，亦稱當來下生彌勒尊佛，民間俗稱爲大肚彌勒或笑頭和尚。

[二]《釋典》：佛門經籍之總稱，泛指佛經。

[三]明案：漢傳佛教禪宗有『西天二十八祖』之説，詳解見宋普濟撰《五燈會元》卷一『西天祖師』。

[四]《成佛經》：全名《佛説彌勒成佛經》，後秦三藏法師鳩摩羅什譯，凡一卷。

[五]明案：見《佛説彌勒成佛經》，原文爲：『彌勒佛嘆言：「大迦葉比丘，是釋迦牟尼佛於大衆中，常所贊嘆頭陀第一，通達禪定解脱三昧。」』。

[六]《法華經》：即《妙華蓮花經》之簡稱，佛教經典之一，後秦三藏法師鳩摩羅什譯，凡七卷。

[七]明案：姚氏此按本《妙華蓮花經》卷一《序品》經文改寫，非原文。

七佛[一]　《談薈》[二]：『六祖，六古佛應世，已無數量，今以七佛爲始。過去莊嚴劫：毘婆尸佛、尸棄佛、毘舍浮佛。今賢劫：拘留孫佛、拘那舍牟尼佛、迦葉佛、釋迦文佛。』[三]《宛委餘編》：『毘婆尸佛、尸棄佛、毘舍浮佛，俱姓刹利。拘留孫佛、那舍牟尼佛、迦葉佛，俱姓迦葉。釋迦文佛，姓刹氏，小字頓吉。』[四]《婆沙論》：『毘婆尸佛長六十由旬（與尋通），尸棄佛長四十由旬，毘舍婆佛長三十二由旬，拘留孫佛、拘那舍牟尼佛俱長二十五由旬，迦葉佛長一十六丈。』[五]　按：毘婆尸爲莊嚴劫第九百九十八，尸棄爲九百九十九，毘舍浮爲一千。拘留以下爲賢劫第一、二、三、四也。

[一]七佛：佛經謂過去莊嚴劫三佛，及賢劫内四佛，合稱七佛。
[二]《談薈》：即《玉芝堂談薈》之簡稱，明徐應秋撰，筆記小説書，凡三十六卷。
[三]明案：見《玉芝堂談薈》卷十五『古佛名號』條，文字略异。
[四]明案：見明王世貞《宛委餘編》十七，文字略异。
[五]見前『迦葉』條注[三]。

西土二十七祖[一]　《談薈》引佛經[二]：『釋迦文佛首傳西天，一祖摩訶迦葉尊者，摩謁陀國人。二祖阿難尊者，王舍城人。三祖商那和修摩尊者，突羅國人。四祖優波毱多尊者，叱利國人。五祖提多迦尊者，摩迦陀國人。六祖彌遮迦尊者，中印度人。七祖婆須密多尊者，北天竺國人。八祖佛駝難提尊者，迦摩羅國人。九祖佛馱密多尊者，提迦國人。十祖脇尊者，中印度人。十一祖富那夜奢尊者，華國人。十二祖馬鳴大士，波羅奈國人。十三祖迦毘摩羅尊者，華氏國人。十四祖龍樹大士，西天竺國人。十五祖迦那提婆尊者，南天竺國人。十六祖羅睺羅多尊者，迦毘羅國人。十七祖僧伽難提尊者，室羅伐城寶莊巖王之子。十八祖迦耶舍多尊者，摩提國人。十九祖鳩摩羅多尊者，大月氏國人。二十祖闍耶多尊者，北天竺國人。二十一祖婆修盤頭尊者，羅閱城人。二十二祖摩挐羅尊者，那提國王次子。二十三祖鶴勒羅那尊者，月氏人。二十四祖師子尊者，中印度人。二十五祖婆舍斯多尊者，□[三]賓國人。二十六祖，不如密多尊者，南印度德勝王太子。二十七祖般若多羅尊者，東印度人。』[四]

[一]二十七祖：漢傳佛教禪宗有『西天二十八祖』之説，指印度二十八位遞相傳承之祖師。此言『二十七祖』，從明徐應秋《玉芝堂談薈》之説。

[二]明案：《玉芝堂談薈》卷十五『西天二十七祖』條無『引佛經』三字。

[三]明案：□，姚氏原稿及《筆記小説大觀》影印本《玉芝堂談薈》均缺字，宋道原《景德傳燈録》卷一作『罽』。

[四]明案：見明徐應秋《玉芝堂談薈》卷十五『西天二十七祖』條，輯文有刪簡。

十八阿羅漢[一] 《法苑珠林》：『第一尊者賓度羅跋囉惰闍，與千眷屬住西瞿尼洲[二]。第二尊者迦諾伐蹉[三]，與五百眷屬住北迦濕彌羅國。第三尊者迦諾跋釐惰闍，與六百眷屬住東勝神[四]洲。第四尊者蘇頻陀，與七百眷屬住北俱盧洲。第五尊者諾矩[五]羅，與八百眷屬住南贍部洲。第六尊者跋陀羅，與九百眷屬居耽沒盧[六]洲。第七尊者迦理迦，與九[七]千眷屬住僧伽藥[八]洲。第八尊者伐闍羅弗多羅，與千一百眷屬住鉢刺拏洲。第九尊者戍博迦，與九百眷屬住香醉山。第十尊者半托迦，與千三百眷屬住三十三天。第十一尊者囉怙囉，與千一百眷屬住畢利颺瞿洲。第十二尊者那伽犀那，與千二百眷屬住半度陂山。第十三尊者因揭陀，與千三百眷屬住廣脇山。第十四尊者伐那婆斯，與千四百眷屬住可住山。第十五尊者阿氏多，與千五百眷屬住鷲峰山。第十六尊者注茶半托迦，與千六百眷屬住持軸山。』[九] 按：此稱十六大阿羅漢，所謂十六應真也。又合提密多羅尊者、賓頭盧尊者二人，爲十八羅漢。

[一]十八阿羅漢：亦稱十八羅漢、十八尊者，爲釋迦牟尼之得道弟子。
[二]西瞿尼洲：《法苑珠林》（一百二十卷本，下同）作『西瞿陁尼洲』。

［三］迦諸伐蹉：《法苑珠林》作『迦諸迦伐蹉』。
［四］神：《法苑珠林》作『身』。
［五］矩：《法苑珠林》作『詎』。
［六］盧：《法苑珠林》作『羅』。
［七］九：《法苑珠林》無。
［八］藥：《法苑珠林》作『荼』。
［九］見唐釋道世《法苑珠林》卷四十『羅漢部』。

异國十三佛［一］

《事物紺珠》［二］：『一頭樓斯和，二羅鄰那阿謁，三朱蹄彼會蔡，四密蔡羅薩，五樓波黎波蔡嚓，六那惟玉蔡，七維黎波羅，八和阿蔡，九尸和群黎，十那他蔡，十一和那羅維於蔡嚓，十二佛霸國耶蔡，十三［三］阿閃誰波多蔡。』［四］

［一］异國十三佛：佛經所謂之古佛，有别於傳統所稱之十三佛。
［二］《事物紺珠》：明黄一正編，凡四十一卷（四十六目）。
［三］明徐應秋《玉芝堂談薈》『三』下有『隨』字。
［四］見徐應秋《玉芝堂談薈》卷十五『古佛名號』條引《事物紺珠》。

三世諸佛［一］

《談薈》引佛經：『三世諸佛，過去、現在、未來。過去曰莊嚴劫，現在曰賢劫，未來曰星宿劫。莊嚴第一尊華光，末後尊曰毘舍浮；賢劫第一曰俱留孫，末曰婁至佛；星宿劫第一曰日光，末曰須彌相。凡三劫，每劫千佛。』[二] 按：西天竺國宗其教者，以本性爲法身，德業爲報身，并真身爲三。然則三世之説，言其變化也。而每劫千佛，恐未必然。但佛經所載甚夥，如三十五佛，始金剛不壞，終法界藏身阿彌陀佛；五十三佛，始普光佛，終釋迦牟尼，凡八十八佛。又有始釋迦牟尼，終攝取光明寶臺，凡七千六百八十三。又有世尊，始妙樂上德，終須彌山王，凡十二。如來，始寶蓮華步，終寶生德，凡六千七十六。菩薩，自初會無量，止大意生王，凡三千二百七十五。尊者，自吉祥密，止嚕呬尼聖堅寶貴，凡七百四十五。神僧，始摩騰，終瞻巴，凡二百又七。合計萬有八千六百七十七。

[一]三世諸佛：佛教謂過去、現在、未來三世，各有佛尊若干，統稱三世諸佛。

[二]明案：見明徐應秋《玉芝堂談薈》卷十五『三世諸佛』條，輯文有刪簡。

二十五聖[一] 《楞嚴經》[二]：『二十五聖之證圓通也：憍陳那於聲音得阿羅漢。優婆尼從色相得阿羅漢。香巖童子從香一器得阿羅漢。藥上、藥王二法王子，分别味因，位登菩薩。跋陀婆羅妙觸宣明成佛子。住摩訶迦葉以法空成阿羅漢。阿那律陀旋見循元爲第一。周利槃持迦反息循空爲第一。憍梵鉢提還味旋知爲第一。畢陵伽婆蹉純覺遺身爲第一。須菩提解空舍利弗智慧爲第一。普賢菩薩修普善行説本因爲第一。孫陀羅難陀以息久發明（缺四字）[三]爲第一。富樓那法音爲第一。優波離通利爲第一。大目犍連清瑩爲第一。烏刍瑟摩以火光三昧力故成阿羅漢。持地菩薩以諦觀身界二塵爲第一。月光童子以水性、一味流通、得無生忍、圓滿菩提爲第一。琉璃光法王子，與空[四]藏菩薩，一以觀察風力無依，一以觀察虚空無邊，入三摩地。彌勒菩薩漢心英明，入圓成寔、遠離依地及遍計執得無生忍。大勢至王子以浄念相繼得三摩地。觀世音菩薩從聞思修入三摩地。』[五]　按：此則二十五聖，各以一長見稱。

[一]二十五聖：佛經中之二十五位證聖者，著名佛經故事爲『二十五聖證圓通』，見《楞嚴經》。
[二]《楞嚴經》：佛教經典，又稱《首楞嚴經》、《大佛頂經》、《大佛頂首楞嚴經》等，唐般剌蜜帝譯，凡十卷。
[三]缺四字：爲姚氏原稿自注。　明案：此處所缺四字，據《楞嚴經》原文，應爲『明圓滅漏』四字，當補。
[四]明徐應秋《玉芝堂談薈》卷十六引《楞嚴經》『空』下有『虚』字。
[五]明案：見明徐應秋《玉芝堂談薈》卷十六『二十五聖』條引《楞嚴經》，原文見《楞嚴經》卷五。

十大弟子[一]

《談薈》引佛經：『舍利弗智慧，目犍連神通，大迦葉頭陀，阿那律天眼，須菩提解空，富樓那説法，迦旃延論議，優婆離持律，羅睺羅密行，阿難陀多聞。』[二]　按此：則十弟子亦各有一長，猶孔門十哲之擬也。

[一]十大弟子：釋迦牟尼成道後之十位入門弟子。
[二]見明徐應秋《玉芝堂談薈》卷十六『十六應真』條。

馬鳴、龍樹[一]　《摩訶摩耶經》[二]：『正法衰微六百歲，九十六種諸外道等邪見競興，破滅佛法。有一比邱，名曰馬鳴，善説法要，降伏一切諸外道。七百歲，又有一比邱，名曰龍樹，善説法要，滅邪見，幢然正法炬。』[三]馬鳴，當周顯王時；龍樹，當秦始皇時。　按：馬鳴，北天竺國餓馬至，於六日請比邱説法，以浮流草與之，馬起念聽法，無念食想，於是内外沙門，乃知非恒，以馬解其音，故號馬鳴。龍樹者，其母樹下生之，因字阿周陁那。阿周陁那，樹名也。以龍成其道，故號龍樹。[四]　又按：《宛委餘編》：『阿濕縛窶生馬鳴也。那伽曷樹那龍猛，曰龍樹誤。』[五]

[一]馬鳴、龍樹：佛教中兩位著名説法者，被教友尊爲『菩薩』。
[二]《摩訶摩耶經》：佛經，南齊釋曇景譯，凡一卷（分上、下）。
[三]明案：見明徐應秋《玉芝堂談薈》卷十六『馬鳴龍樹』條引《摩訶摩耶經》。原文見《摩訶摩耶經》下。
[四]明案：姚氏此按本宋普濟《五燈會元》文字改寫，見明徐應秋《玉芝堂談薈》卷十六『馬鳴龍樹』條引

《五燈會元》。原文見普濟《五燈會元》卷一「十二祖馬鳴尊者」、「十四祖龍樹尊者」兩條。

[五]明案：見明王世貞《宛委餘編》十八，原文爲「阿濕縛窶生馬鳴也，那伽曷樹那龍猛也（言龍樹誤）」。

卷八　道家

三清[一]

《大有金書》[二]：『天寶君爲大洞尊神，號玉清宫；靈寶君爲洞玄尊神，號上清宫；神寶君爲洞神尊神，號太清宫。』[三]《三尊譜録》[四]：『第一度師上玄真明道君，即元始上皇丈人，法姓𡗝，法諱𡘾，法字𡗗。《正音》：「姓無，名延世音，字觀無觀。」第二度師無上玄老，即高上九天太上真王，法姓𡘊，法諱𥠐，法字𥠽。《正音》：「姓虚無，名上觀洞，字運梵靈。」第三度師即金明七真，法姓𡘋，法諱𪇐，法字𡙎。《正音》：「姓虚玄妙，名延明世，字係上無。」』[五]《真靈位業圖》[六]：『第一中位上合虚皇道君。第二中位上清高聖太上玉晨玄皇大道君。第三中位太極金闕帝君。第四中位太清太上老君。』[七]　按：三説不合。其言天寶第一度師，第一中位則爲元始天尊無疑。若第二師、第三師，不知是靈寶太上否乎？其稱金闕帝君、太上老君，不知誰是老子也。而神寶君、金明七真與太上老君，亦不知一與二歟。其舛錯互亂，不言而喻。又按：《明史·禮志》：『佛生西方天竺國，宗其教者，以本性爲法身，德業爲報身，并真身爲三，其實一耳。道家以老子爲師，朱子有云：「玉清元始天尊，既非老子

法身；上清靈寶道君，又非老子報身。設有二像，又非與老子爲一，别自爲太清太上老君。蓋倣釋氏而又失者也。』[八]

[一]三清：道教三位最高尊神，謂玉清、上清、太清尊者。

[二]《大有金書》：道經，亦稱《三寶大有金書》，全稱《靈寶自然九天生神三寶大有金書》，撰者不詳，凡一卷。

[三]明案：此輯係姚氏簡述《大有金書》之文，非原文，原文見《道藏》洞真部譜録類輯《三寶大有金書》。

[四]《三尊譜録》：道經，亦名《上清三尊譜録》，撰者未詳，凡一卷。

[五]明案：此輯係姚氏簡述《三尊譜録》之文，非原文，原文見《道藏》洞真部譜録類輯《三尊譜録》。

[六]《真靈位業圖》：道書，簡稱《位業圖》，全稱《洞玄靈寶真靈位業圖》，梁陶弘景撰，凡一卷。

[七]明案：此輯係姚氏摘引《真靈位業圖》文字，原文見明陶宗儀《説郛》（宛委山堂本）卷五十七輯《真靈位業圖》。

[八]明案：此輯《明史》文字，見清翟灝《通俗編》卷二十『三清』條引，原文見《明史》卷五十『禮志四·諸神祠』。

元始天尊[一]　《魏書·釋老志》[二]：『天尊生於太元之先，每至天地初開，出窮桑而開劫，度人度經四十一億萬載矣，有延康、赤明、龍漢、開皇等年號。姓樂，名静信。天書每方一丈，八角垂芒，光華昭曜，雖天仙不敢啓視。』[三]　按：混沌以前，必是開闢，天尊生於太元之先，固也。其云「每至天地初開」，我不知天尊見幾次開闢矣，此一不可信。紀年始於天皇，其云「經四十一億萬載」，我思上古帝王，不知年歲，而道家知天尊獨詳，此二不信。建號始於漢武，而天尊行於鴻濛之世，當時竟無一王效之者，此三不可信。姓氏起於伏羲，命名始於黃帝，而云「姓樂，名静信」者，可乎？此四不可信。天書「雖天仙不敢啓視」，作書者何由而知？此五不可信。

[一]元始天尊：道教三清之首，爲至高尊神，又稱太上盤古氏玉清元始天尊、靈寶天尊、道德天尊等，在中國民間影響甚大。

[二]《魏書》：史籍，二十四史之一，北齊魏收撰，凡一百一十四卷。

[三]明案：此輯姚氏言出《魏書·釋老志》，誤，實乃輯自《隋書》卷三十五《經籍志四》，或爲姚氏輯録時誤寫書名。所輯文字亦間取《經籍志》文而重組，非原文。又案：清翟灝《通俗編》卷二十「元始天尊」條引《晁氏讀書志》：『道家云：元始天尊，生於太元之先，姓樂、名静信，當存不滅。每天地開闢，則以秘道授諸仙，謂之開劫度人。』

真武[一]　《圖志》[二]：『真武爲静樂王太子，修煉武當山，功成飛昇，奉上帝命鎮北方，披髮跣足。』[三]此是附會。《談薈》引道經：『玄帝禀天一之精，於神農末年，歲在甲午三月三日午時，托胎於軫、翼、婁三星之次，龍變梵度之天静樂君，善靈皇後孕十四月，從右脇生。』[四]　按：《史記》：『漢高帝立黑帝祠，曰北時。』[五]此真武之濫觴。後避宋諱，改玄武爲真武。明永樂中，建廟於太和山。　又按：《元史・成宗紀》：『大德七年，加封真武爲元聖仁威玄天上帝。』[六]而道家遂誤爲天帝，今禾俗[七]又稱爲聖帝。

[一]真武：道教之北方天帝，亦稱真武大帝、北極真君或玄天上帝。
[二]《圖志》：未詳撰者。
[三]《明史》卷五十『諸神祠』引《圖志》：『真武爲静樂王太子，修煉武當山，功成飛昇。奉上帝命鎮北方。披髮跣足，建皂纛玄旗。』
[四]明案：見明徐應秋《玉芝堂談薈》卷十七『玄天上帝』條，輯文有删簡。
[五]明案：見《史記》卷二十八『封禪書』，文字略异。
[六]見《元史》卷二十一『成宗紀四』。
[七]明案：禾俗，指嘉興一帶風俗。禾，即嘉禾，浙江嘉興古稱嘉禾。

三官[一]　《七修類稿》：『世有三元、三官、天地水府之説。此理蓋天氣主生，木爲生候；地氣主成，金爲成候；水氣主化，水爲化候。其用司於三界，而以三時首月候之，故曰三元。』[二]《道藏》：『三官者，俱周幽王時諫臣唐宏、葛雍、周實也。』[三]

《漢書·劉焉傳》注[四]：『張魯爲五斗米賊，禱者令書姓名三通：一上天着山，一埋之地，一沉之水，號曰三官。』[五]　按：神之尊奉，由漢以來未嘗絶。前説亦屬附會，次説尚未切當。《漢書》注庶乎近焉。

[一]三官：即道教所謂天官、地官、水官之合稱，亦名三官大帝或三元大帝。

[二]見明郎瑛《七修類稿》卷二十七『三官』條。

[三]明案：見清翟灝《通俗編》卷十九『三官』條按語，文曰：『此天、地、水三官造端之確據。謝氏《文海披沙》、郎氏《七修類稿》，各以木金水臆説傅會，《道藏》謂三官俱周幽王諫臣，一曰唐宏，一曰葛雍，一曰周實，皆未有實徵也。其神之尊奉於世，由漢以來，蓋未嘗絶。《通志》有《三元醮儀》一卷。《宣和畫譜》：「大曆中，周晦有三官像。」』

[四]明案：《漢書·劉焉傳》注，應爲《後漢書·劉焉傳》唐李善注。

[五]見《後漢書》卷七十五『劉焉袁術吕布列傳』唐李善注引《典略》，姚輯有删簡。

王靈官[一]

《明史·禮志》：『隆恩真君者，玉樞火府天將王靈官也，宋徽宗時，嘗從薩守堅傳符法。永樂中，以道士周思得能傳靈官之法，乃於禁城西建天將廟。宣德中，改封真君。』[二]　按：靈官受法於薩守堅，守堅受法於林靈素，而靈素僅一詩奕道士也，曷故？[三]

[一]王靈官：道教護法神，亦稱華光元帥、五顯靈官等。
[二]明案：見《明史》卷五十『禮志四』，輯文有刪簡。
[三]明案：此按語及《明史》輯文，原出清翟灝《通俗編》卷十九『王靈官』條，姚氏略有改動。

三茅真君[一]

《摭遺》[二]：『大茅君名盈，字叔申；中君名固，字季偉；小君名衷，字思和。老君拜盈爲司命真君，固爲定錄（宜作禄）真君，衷爲寶生真君。』[三]

按：《列仙傳》[四]：『盈，濛之孫，得道於金陵之句曲山。』[五]

[一]三茅真君：道家謂漢代修道成仙之茅氏三兄弟，爲道教茅山派祖師。
[二]《摭遺》：撰者未詳。
[三]明案：晋葛洪《神仙傳》卷五『茅君』條：『茅君者，名盈，字叔申，咸陽人也，高祖父濛，字初成，學道於華山，丹成，乘赤龍而昇天，即秦始皇時也。……茅君十八歲入恒山學道，積二十年，道成而歸。……時君之弟名固，字季偉，次弟名衷，字思和，仕漢位至二千石將之官。……茅君與父母宗親辭別，登羽蓋車而去，……治於句曲山。山下之人，爲立廟而奉事之。……遠近之人，賴君之德，無水旱疾癘螟蝗之災，無刺草毒木及虎狼之厲，時人因呼此山爲茅山焉。後二弟年衰，各七八十歲，棄官委家，過江尋兄，君使服四扇散，却老還嬰，於山下洞中修煉四十餘年，亦得成真。太上老君命五帝使者持節……加九錫之命，拜君爲太元真人東岳上卿司命真君，主吴越生死之籍。……又使使者以紫素策文拜固爲定録君，衷爲保命

君，皆列上真，故號三茅君焉。』

[四]《列仙傳》：傳記書，舊題漢劉向撰，凡二卷。

[五]明案：姚氏言此文輯自《列仙傳》，然今本《列仙傳》無此文，或係誤録書名。宋樂史《廣卓异記》卷二十引《總仙記》：『茅蒙，字初成，咸陽人。隱華山修道。當秦始皇三十一年九月，龍駕白日昇天。……蒙之玄孫盈，得道於金陵句曲山，上昇爲東岳上卿、司命真君、太元真人，居赤城，時來句曲，邦人改句曲爲茅君山。弟固，武威太守，固弟震，西河太守。二弟聞兄得仙，乃棄官從兄學道。固爲句曲真人、定保右禁郎，治句曲山；震爲保命地仙，主司三官。』

吴真君[一]　《嘉禾志》[二]：『真君名猛，家武寧。鹽有干慶令於縣，死三日，猛祝生，慶之弟寶因祀焉。』[三]《晋書》[四]：『猛有孝行，夏日常手不驅蚊，懼去己噬親也。』[五]　按：常棠謂開熙三年，真君見，夢神主浮海至，乃立祠。[六]

[一]吴真君：道教神仙，又稱吴真人、保生大帝，大道公等，民間祀爲醫療神。

[二]《嘉禾志》：疑即元徐碩《至元嘉禾志》之簡稱，見前『博陸侯』條注[二]。

[三]明案：今本《至元嘉禾志》無此記載，或《嘉禾志》另有其書。宋李昉《太平廣記》卷十四引《十二真君傳》：『時武寧縣令干慶死，三日未殯，猛往哭之，因云：「令長固未合死，今吾當爲上天訟之。」猛遂卧慶尸旁，數日俱還。時方盛暑，尸柩壞爛，其魂惡，不欲復入，猛强排之，乃復重蘇。慶弟晋著作郎寶，感其兄及睹亡父殉妾復生，因撰《搜神記》，備行於世。』　又案：明天啓《海鹽縣圖經》卷三云：『吴真君祠

……真君名猛，家武寧。璽有干慶令於其縣，死三日，猛祝之生。慶弟寳感其事，又睹父妾殉死復生，撰《搜神記》。因祠猛也。』

[四]《晋書》：二十四史之一，唐房玄齡等撰，凡一百三十二卷，今存一百三十卷。

[五]明案：見《晋書》卷九十五『吴猛』條，原文爲：『吴猛，豫章人也。少有孝行，夏日常手不驅蚊，懼其去己而噬親也。』

[六]明案：見宋常棠《海鹽澉水志》卷五『寺廟門・醫靈祠』條，原文爲：『醫靈祠，在鎮之東，青山西南側王家畹之西。開禧三年，里人孟毅夢神呼曰：「吾閩中吴真君，當食此方，福祐斯民。」晨見海中有一神主，浮海至岸，遂居於側。毅因舍基創殿尊奉，後閩商繪像傳塑，諸祈療病者甚驗，四方咸集，遂成叢林。』

玉皇大帝[一]

《本行經》[二]：『帝初劫，爲光嚴妙樂國浄德王太子，舍位脩道八百劫，舍位復行忍辱三千二百劫，始證金仙，爲清浄自然覺王如來。又經億劫，始證玉帝位。』[三]《酉陽雜俎》：『天帝劉翁惡張翁（見前）。』[四]《括异志》：『晋周興死而復生，言天帝召見，昇殿仰視，帝面方一尺。問左右曰：「是張天帝耶？」曰：「上古天帝久已聖矣，此近曹明帝耳。」』[五]《談薈》引《道經》謂「玉皇大帝爲衆仙天子，紫薇大帝爲衆星天子。」[六]　按：初説與佛氏相類，次説固屬不經，三説則天帝亦有遞嬗，恐非的論，四説土無二主，豈天有二王耶？[七]

[一]玉皇大帝：儒教、道教及民間信仰中的最高天神，又稱昊天上帝、玉皇上帝、玉帝、天帝、老天爺、天公等。

[二]《本行經》：道經，全名爲《高上玉皇本行集經》，亦稱《玉皇經》，撰者未詳，凡三卷。

[三]明案：見《高上玉皇本行集經》之《清微天宫神通品第一》，文經姚氏删簡改寫，非原文。

[四]見前『劉天翁』條。

[五]明案：見明陶宗儀《説郛》（宛委山堂本）卷一百十六輯魯應龍《括异志》，文略有异。

[六]明案：見徐應秋《玉芝堂談薈》卷十七『元始天尊』條，此輯非原文。明茅元儀《暇老齋雜記》卷十三：『道家謂：玉皇大帝爲衆仙天子，紫薇大帝爲衆星天子。』

[七]明案：本條姚氏批注『第一條』，意爲應列本卷第一條。

老君[一]

《史記》：『老子名耳，字伯陽，以及耳漫無輪，號曰聃。』[二]《集真録》[三]：『老子始生，母名之曰玄禄。字伯陽。』[四]《混元統聖經》[五]：『老子一名李耳，字伯陽；二名雅，字伯宗；三名忠，字伯光；四名石，字孟公；五名重，字子文；六名定，字元陽；七名元，字伯始；八名顯，字元生；九名德，字伯文。在天皇時，爲通玄天師；地皇時，爲有古先生；人皇時，爲盤古先生；伏希時，爲鬱華子；神農時，爲大成子；祝融時，爲廣壽[六]子；帝嚳時，爲録圖子；帝堯時，爲務成子；帝舜時，爲尹壽子；夏禹時，爲真行子；商湯時，爲錫則子。後以湯王甲十八年降胎，至武丁九年生。在周西伯時，爲藏史，號燮邑子；武王時，爲柱下史，號育成子；成王時，爲經成子；康王時，爲郭叔子。在天以玉晨大道君爲師，在人間以常樅爲師。又生於周定王三年九月十四日，以敬王元年八十五歲西入胡。』[七]《北史》[八]：『老聃，父名乾，字元杲，一作元果。』[九]《舊唐書》[十]：『聃，父名敬。』[十一]《前梁録》[十二]：『元杲年七十二無妻，與鄰人益壽氏野合，孕十年而生老子，故世傳老子母爲益壽氏。』[十三]《内篇》[十四]：『老子母無偕。』[十五]《路史》：『元杲娶洪氏，名嬰敷，感飛星，孕十二年，拆左腹而生，故又曰老萊子。』[十六]《南唐書·世譜》[十七]：『元杲爲周御史大夫，娶益壽氏女嬰敷，生老子。或云杲，娶滕氏女元妙。』[十八]《酉陽雜俎》：『老君母曰玄妙玉女。』[十九] 按：諸説紛紜舛錯，欲辯忌言，閲者自知其妄。

[一]老君：即太上老君，三清之一，道教尊爲始祖，又稱太清道德天尊、混元上帝等，民間俗稱李老君、老子、老子道君等。

[二]見《史記》卷六十三《老子韓非列傳》。

[三]《集真録》：道書，未詳撰者。

[四]宋羅泌《路史·後紀》卷七羅苹注引《集真録》：『老子始生，母名之曰玄禄。』明案：『字伯陽』爲羅泌《路史》文，非《集真録》文字，見本條注［十六］。

[五]《混元統聖經》：道經，未詳撰者。

[六]壽：《筆記小説大觀》本《玉芝堂談薈》卷十七引《混元統聖經》作「成」。明案：作「成」是也。

[七]明案：見明徐應秋《玉芝堂談薈》卷十七「李老君」條引《混元統聖經》，文略有异。

[八]《北史》：史書，唐李延壽撰，凡一百卷。

[九]明案：《北史》無載，或姚氏誤寫書名。《新唐書》卷七十上《宗室世系表》云：「（老君父）乾，字元果，爲周上御史大夫，娶益壽氏女嬰敷生耳，字伯陽，一字聃，周平王時爲太史。」

[十]《舊唐書》：史書，後晋劉昫撰，凡二百卷。

[十一]明案：今本《舊唐書》無載。《古今圖書集成·人事典》卷三十四引《魏書》：「老聃，父姓韓，名乾，字元畢。母曰精敷，二合而娠，孕八十年而生於李樹下，因以爲姓。」

[十二]《前梁録》：史書，《十六國春秋》之一篇，北魏崔鴻撰。

[十三]明案：見北魏崔鴻《十六國春秋》卷七《前梁録》「張重華」條，原文爲：「老聃父名乾，字元果，胎刖無耳，一目不明，孤單，年七十二無妻，與鄰人益壽氏老女野合，懷胎八十年乃生老子。」

[十四]《内篇》：即《玄妙内篇》之簡稱，又名《玄妙内篇經》，道書，撰者未詳，今佚。

[十五]宋羅泌《路史·後紀》七引《玄妙内篇》：「老子母無壻。」

[十六]明案：見《路史·後紀》卷十六，原文爲：「（老子父）元杲爲周上御史，胎刵且眇，取洪氏，曰嬰敷。感飛星而震，十有二年，副左而生儋，曰玄禄，是爲伯陽。甫生而能語，黄面皓首，故謂老子；耳長七寸，而参扁，故名耳，而字儋。」

[十七]《南唐書》：史書，撰者有三，均爲宋人，其中胡恢撰已佚，今存馬令撰三十卷、陸游撰十八卷。

[十八]見宋馬令《南唐書》卷三十《世裔譜》。明案：今本《南唐書》無「或云杲，娶滕氏女元妙」之句。

［十九］見唐段成式《酉陽雜俎·前集》卷二『玉格』。

天師［一］　《晉書·郗超傳》：『愔事天師，而超奉佛。』［二］《殷仲堪傳》：『少奉天師，精心神所。』［三］《王羲之傳》：『王氏世事張氏。』［四］　據此可見，晉時衣冠盛族多趨奉之。

［一］天師：即道教（五斗米道）創始人張道陵，被尊爲天師，民間俗稱張天師。

［二］見《晉書》卷六十七《郗超傳》，原文爲：『（郗超之父郗）愔事天師，而（郗）超奉佛。』

［三］見《晉書》卷八十四《殷仲堪傳》，原文爲：『仲堪少奉天師道，又精心事神，不吝財賄，而怠行仁義。』

［四］見《晉書》卷八十《王羲之傳》，原文爲：『王氏世事張氏五斗米道，（其子）凝之彌篤。』

卷九　仙教

諸仙

《神仙傳》[一]：『玉門子[二]，姓王名剛。九靈子，姓皇名化。北極子，姓陰名恒。絶洞子，姓李名脩。太陽子，姓離名明。太陽女，姓朱名翼。太陰女，姓盧名全。太玄女，姓顓名和。南極子，姓柳名融。黄盧子，姓葛名起。[三]馬明生[四]，姓和名君賢。張陵[五]，名輔漢。[六]劉根，字君安。[七]尹軌，字君度[八]。介象，字元則[九]。介子推，姓王名光。[十]』

[一]《神仙傳》：道書，晋葛洪撰，凡十卷。
[二]玉門子：文淵閣《四庫全書》本《神仙傳》作『天門子』。
[三]見《神仙傳》卷四。
[四]馬明生：文淵閣《四庫全書》本《神仙傳》作『馬鳴生』。
[五]張陵：文淵閣《四庫全書》本《神仙傳》作『張道陵』。
[六]見《神仙傳》卷五。
[七]見《神仙傳》卷八。

［八］『君度』：文淵閣《四庫全書》本《神仙傳》作『公度』。

［九］見《神仙傳》卷九。

［十］明案：『介子推，姓王名光』句，并非出自晉葛洪《神仙傳》，而出漢劉向《列仙傳》卷上『介子推』條，原文爲：『介子推者，姓王名光，晉人也。』

蜀八仙［一］

《蜀紀》［二］：『八仙，首容成公，即鬼容區，隱於鴻蒙［三］，今青城山也；次李耳，生於蜀，今之青羊宮；三董仲舒，亦青城山隱士，非三策之仲舒也；四張道陵，今大邑鶴鳴觀；五莊君平，卜肆在成都；六李八百，隱新都龍門洞；七范長生，在青城山；八爾朱先生，在雅州。』［四］按：《太平廣［五］》引《野人閑話》：『蜀道士張素卿所畫李耳作李已，范長生作范長壽，爾朱先生作葛永璝。』［六］又按：《通志》有《八仙圖》，唐江積有《八仙傳》注，則此目唐時已有。［七］

［一］蜀八仙：道家謂在蜀成道八位神仙之總稱。

［二］《蜀紀》：一作《蜀記》，晉譙秀撰，卷數不詳，今佚。

［三］蒙：明楊慎《升庵集》卷四十七、清俞樾《茶香室續鈔》卷十八并引《蜀紀》均作『家』，明徐應秋《玉芝堂談薈》卷十七引《蜀紀》作『蒙』。

［四］明案：明楊慎《升庵集》卷四十七『蜀八仙』條引譙秀《蜀紀》云：『蜀之八仙，首容成公，云即鬼容區，

隱於鴻冢，今青城山也；次李耳，生於蜀，今之青羊宫；三曰董仲舒，亦青城山隱士，非三防之仲舒也；四曰張道陵，今大邑鶴鳴觀；五曰莊君平，卜肆在成都；六曰李八百，龍門洞在新都；七曰范長生，在青城山；八曰爾朱先生，在雅州，有手書石刻五經在洞中，好事繪爲圖。』

[五]明案：姚氏原稿『廣』下脱『記』字，當補。

[六]明案：《太平廣記》卷二百一十四『八仙圖』條引《野人閑話》，原文爲：『西蜀道士張素卿，神仙人也，曾於青城山丈人觀，繪畫五岳四瀆真形并十二溪女數堵。……或有收得素卿所畫八仙真形八幅，以獻孟昶。……八仙者，李已、容成、董仲舒、張道陵、嚴君平、李八百、長壽、葛永璝。』

[七]明案：姚氏按語，原出明胡應麟《少室山房筆叢》卷四十辛部《莊岳委談》卷上，原文爲：『案《通志》有《八仙圖》，又有《八仙傳》一卷注，唐江積撰，則此目唐時已似有之。』

八仙[一]

《談薈》：『八仙不知起自何代，考其出處，亦有所本。張果，明皇時顯迹甚著，生於堯之丙子，爲侍中。葉法善以[二]混沌初白蝙蝠精。鍾離權、吕嵒，俱唐中晚人。一云鍾以裨將，從周孝侯處，敗於齊萬年，跳終南山，遇東華王真人得道，至唐出，度純陽。吕舉進士不第，遇正陽真人得道。在五季，又與正陽度劉海蟾、王重陽，及自度何仙姑、張珍奴之屬。藍采和亦唐人，有《踏踏歌》。韓湘，文公侄。何仙姑，見純陽文。宋人雜説，本零陵市人，純陽啖以一桃，僅食其半遂不饑。《仙鑒》：「純陽所度者趙仙姑。」名何仙姑，何姓者，開元中已羽化，合在純陽前。曹國舅，考諸仙傳，曹姓無外戚，而諸史《外戚傳》曹姓無得仙者。或言丞相彬子，皇后弟，美姿容，一旦求出家雲水，抵黄河，以金牌抵渡，直純陽見而授以道。又有跛者李孔目，《神仙通鑒》有劉跛子而非李姓。或云諱元，字大中，開元中於終南山學道，陽神出舍，爲虎所傷，得一跛丐新亡者，附其屍以起。大都委巷之談也。』[三] 按：元人雜劇如《岳陽樓》、《竹葉船》、《南城柳》皆舉稱八仙，與世俗所繪符其七，惟無何仙姑，而有徐仙翁耳。然則八仙以鍾、吕諸人者，始於元世可知。[四]

[一]八仙：道教及民間信仰中八位神仙，姓名多變，漢、唐、元、明各有八仙之説，明以後逐漸定名，遂爲鐵拐李（李玄）、漢鍾離（鍾離權）、張果老、藍采和、何仙姑、吕洞賓（吕岩）、韓湘子、曹國舅（曹景休）等八人。

[二]明案：姚氏原稿『以』下脱『爲』字，當補。

[三]明案：見明徐應秋《玉芝堂談薈》卷十七『八仙』條，姚輯有删減。

[四]明案：姚按原本《通俗編》卷二十『八仙』條翟灝按語，該按云：『元人雜劇如馬致遠《岳陽樓》、范子安《竹葉船》、谷子敬《南城柳》皆舉稱仙者八人，與世俗所繪符其七，惟無何仙姑，有徐仙翁，殊耳。鐵拐李事，亦惟詳於岳百川劇，則其起於元世，又何疑焉。』 又案：明張九韶《群書拾唾》卷十一『八仙』條記八仙之名爲：『鐵拐、風僧哥、鍾離先生、吕洞賓、藍采和、懸壺子、曹國舅、韓令。』

壺公[一]　《真誥》[二]：『姓施，名存，自號婉盆子。』[三]

[一]壺公：又稱玄壺子、懸壺翁，傳爲東漢人，以買藥爲生，有异能，後爲漢八仙之一。晋葛洪《神仙傳》卷九有專條記其事。

[二]《真誥》：道書，南朝陶弘景撰，凡二十卷。

[三]明案：見陶弘景《真誥》卷十四『稽神樞第四』，原文爲：『施存者，齊人也，自號婉盆子，得循變化景之道。今在中岳或少室。往有壺公，正此人也。然未受太上書，猶未成真焉。其行《玉斧》、《軍火符》，是其所受之枝條也。施存是孔子弟子三千之數。』

鬼谷子[一]　《續仙録》[二]：『姓王，名詡。』[三]　按：俗作栩，非。

[一]鬼谷子：又稱鬼谷先生，春秋戰國時代奇人，傳爲道家、兵家、縱横家鼻祖，採藥修道成仙，曾位列八仙之一。

[二]《續仙録》：道書，撰者未詳。宋鄭樵《通志略》卷四十三『道書二』著録《江西續仙録》一卷，未著撰者，不知是否爲同一書。

[三]明案：宋李昉《太平廣記》卷四引《仙傳拾遺》云：『鬼谷先生，晋平公時人。隱居鬼谷，因爲其號。先生姓王名利，亦居清溪山中。蘇秦、張儀從之，學縱横之術。二子欲馳騖諸侯之國，以智詐相傾奪，不可化以至道。夫至道玄微，非下才得造次而傳，先生痛其道廢絶，數對蘇、張涕泣，然終不能寤。蘇、張學成

別去，先生與一隻履化為犬，北引二子即日到秦矣。先生凝神守一，樸而不露。在人間數百歲，後不知所之。秦皇時，大宛中多枉死者橫道，有鳥銜草以覆死人面，遂活。有司上聞，始皇遣使齎草以問先生，先生曰：「巨海之中有十洲，曰祖洲、瀛洲、玄洲、炎洲、長洲、元洲、流洲、光生洲、鳳麟洲、聚窟洲。此草是祖洲不死草也，生在瓊田中，亦名養神芝。其葉似菰，不叢生，一株可活千人耳。」

劉海[一]

《湖廣總志》[二]：『劉元英，號海蟾子，廣陵人，仕燕主劉守光爲相。一日，有道人來謁，索鷄卵十枚、金錢十枚置几上，累卵於錢，若浮屠狀。海蟾驚曰：「危哉！」道人曰：「人居榮樂之場，其危有甚於此。」復盡以錢擘爲二，擲之而去。海蟾由是大悟，易服從道，歷游名山，所至多有遺迹。宋初，於潭州壽寧觀題詩，仍自寫真其旁。』[三]《通俗編》：『海蟾二字號，今俗呼爲劉海，更言劉海戲蟾，舛謬之甚。』[四] 按：此猶漢貳師將李廣利但呼李廣，蕭方等經删去等字，鍾馗字辟邪，紐爲鍾馗辟邪圖之類，令人可笑。

[一]劉海：五代時人，姓劉名元英（一作玄英），亦名劉海蟾、海蟾子等，民間信奉爲財神，兼管子嗣，明以後列爲八仙之一，有『劉海戲蟾』等故事傳世。

[二]《湖廣總志》：地方志書，又名《萬曆湖廣總志》，或稱《湖廣通志》，明徐學謨等撰，凡九十八卷。今通行本《湖廣通志》爲清夏力恕編，凡一百二十卷。

[三]明案：見清翟灝《通俗編》卷三十七『劉海蟾舍金錢』條引《湖廣總志》，文略有异。

[四]明案：此輯《通俗編》文字，原爲翟灝所作按語，見《通俗編》卷三十七『劉海蟾舍金錢』條。又案：劉海故事，詳見宋趙道一撰《歷世真仙體道通鑒》（《道藏》本）卷四十九。

許真君[一]

《列仙傳》：『名遜，字敬之，南昌人，爲旌陽令。』[二]

[一]許真君：即許遜，晋人，道教浄明派教主，有斬蛟擒龍功績，舉家飛昇成仙，民間俗稱許天師。

[二]明案：姚氏此輯言出自《列仙傳》，或誤寫書名，或另有所本，今本《列仙傳》并無此文。《三教源流搜神大全》卷二『許真君』條云：『許遜，字敬之，南昌人，吴赤烏二年正月念八日降生。母先夢金鳳銜珠墜於懷中而有娠。父許肅，祖父世慕至道。真君弱冠，師大洞真君吴猛，傳《三清法》，博通經史，舉孝廉，拜蜀旌陽令也。』又：《太平廣記》卷十四引唐胡慧超《十二真君傳》：『許真君名遜，字敬之，本汝南人也。祖琰，父肅，世慕至道。……真君弱冠，師大洞君吴猛，傳《三清法要》，鄉舉孝廉，拜蜀旌陽令。』又：《雲笈七籤》卷一百六『許遜真人傳』條：『許遜，字敬之，南昌人也，少以射獵爲業。一旦，入山射鹿，鹿胎從弩箭瘡中出墮地，母鹿舐其子，未竟而死。遜愴然感悟，折弩而歸。』

玉女[一]

《真靈位業圖》[二]：『十五玉女名號，登天上籙玉女四人，上天玉女三人，三天玉女百人。青腰玉女官十人。下等玉女、北宫玉女、五帝玉女、太素玉女、天素玉女[三]、白素玉女、平天玉女、六戊玉女、青天益命玉女、神丹玉女、五[四]流玉女。』[五]《雲笈七籤》：『或見玉女，青衣者名惠精玉女，黑衣者名太玄玉女，赤衣者乃名赤圭玉女，黄衣者名常陽玉女。或見玉女三人，青衣紫下裳者，一名常在，一名絶洞，一名五德。九玉女，衣服五彩者，一名上，一名虎，一名扶，一名靈闕，一名紅林，一名憑，一名住，一名多，一名辰。[六]東方名青腰玉女，南方名赤金玉女，中央名黄素玉女，西方名玉素玉女，北方名玄光玉女。左爲常陽，右爲承翼。[七]』按：《西陽雜俎》：『玉女以黄玉爲誌，大如黍，在鼻上。無此誌者，鬼使也。』[八]又有姓名者，太帝宫官雲林玉女賈屈妃；東華宫玉女烟景珠，北寒玉女聯涓，飛玄玉女鮮于期。[九]

[一]玉女：道家對天庭仙女的泛稱。
[二]《真靈位業圖》：道書，一作《靈寶真靈位業圖》，全稱《洞玄靈寶真靈位業圖》，梁陶弘景撰，凡一卷。
[三]明案：『天素玉女』，姚氏原稿脱此四字，今據《説郛》（宛委山堂本）輯《真靈位業圖》文補。
[四]五：《説郛》（宛委山堂本）輯《真靈位業圖》作『九』。
[五]見明陶宗儀《説郛》（宛委山堂本）卷五十七輯《真靈位業圖》。
[六]明案：以上見《雲笈七籤》卷四十八《老君明照法叙事》，文有删簡。又案：姚氏原稿中『一名紅林』，《道藏輯要》本《雲笈七籤》作『一名孔林』。
[七]見《雲笈七籤》卷十八《老子中經上》『第二十四神仙』條。明案：姚氏原稿中『赤金玉女』，《道藏輯要》本《雲笈七籤》作『赤圭玉女』；原稿中『玉素玉女』，《雲笈七籤》作『白素玉女』。

[八]見唐段成式《酉陽雜俎·前集》卷十一『廣知』。明案：姚氏原稿中『誌』，中華書局標點本《酉陽雜俎》作『痣』。

[九]見杜光庭《墉城集仙録》。明案：《太平廣記》卷五十八『魏夫人』條引《集仙録》云：『是時太極真人命北寒玉女宋聯涓，彈九氣之璈。青童命東華玉女烟景珠，擊西盈之鐘。暘谷神王命神林玉女賈屈廷，吹鳳喉之簫。青虚真人命飛玄玉女鮮于虚，拊九合玉節。』

女仙

《真靈位業圖》：『紫虚元君南岳魏夫人，八靈道母西岳蔣夫人，北海六微玄清夫人，上真東宮衛夫人，北漢七靈石夫人，紫清上宫九華真妃，紫虚左宫郭夫人，太極中華石夫人，太真王夫人，滄浪雲林右英王夫人，朱陵北絶臺上嬪管妃，方丈臺昭靈李夫人，北岳上真山夫人，瓊華夫人，三元馬[一]夫人，右華九成范夫人，紫薇左宫王夫人，長陵杜夫人，太微玄清左夫人，右陽王華仲飛姬，西華靈妃甄幽簫，後聖上保南極元君紫元夫人，後聖上傳太素元君，東華玉妃淳文期，東宫中侯王夫人，太和上真左夫人，西漢夫人，華山夫人，玉清神女房素。』[二]

[一]馬：《説郛》輯《真靈位業圖》作『馮』。

[二]見明陶宗儀《説郛》（宛委山堂本）卷五十七輯《真靈位業圖》。

西王母侍女[一]　《位業圖》[二]：『王上華、董雙成、石公子、宛絶青、范成君、郭密香、干若寶、朱[三]方明、張靈子。』[四]　按：元封元年，王母降筵靈臺，命侍女王子登彈八琅之璈，董雙成吹雲和之笙，石公子擊昆庭之金，許飛瓊鼓震靈之簧，婉凌華拊五靈之石，范成君擊湘陰之磬，段安香作九天之鈞。又命法嬰歌玄靈之曲。[五]

[一]西王母侍女：世傳西王母侍女共計九人，均有名姓。

[二]《位業圖》：梁陶弘景《真靈位業圖》之簡稱，下同。

[三]朱：明陶宗儀《説郛》（宛委山堂本）輯《真靈位業圖》作『李』。

[四]見明陶宗儀《説郛》（宛委山堂本）卷五十七輯《真靈位業圖》。

[五]明案：姚按本托名班固撰《漢武帝内傳》，見《太平廣記》卷三『漢武帝』條引。又案：明張九韶《群書拾唾》卷十一僅列王母侍女四人，文曰：『王母四侍女：董雙成、許飛瓊、婉陵華、段安香。』

玄仙道君[一]**侍女**　《位業圖》：『范運華，趙峻珠，王抱一，華敬滌。』[二]　按：上真侍女，惟易遷宫八十三人，舍真臺二百人，并女真。若童初府、蕭閑宫，又男真也。[三]

[一]明案：姚氏原稿中『玄』，明陶宗儀《説郛》（宛委山堂本）《真靈位業圖》作『主』。『玄仙道君』，《道藏》

本《洞玄靈寶真靈位業圖》作『玄洲主仙道君太上公子（姓勒，主闕奏仙名）。』

[二]明案：見明陶宗儀《説郛》（宛委山堂本）卷五十七輯《真靈位業圖》，文中『華敬滌』下還有『李伯益、鮮于靈金』兩侍女。

[三]明案：姚按并見陶弘景《真靈位業圖》。

上元夫人[一]　《神仙録》[二]：『上元夫人者，三天真君之母，紀總仙籍，亞於王母，其侍女名阿環。』[三]　按：上元侍女，又有何宋辟非？[四]

[一]上元夫人：民間傳説爲西王母之小女。

[二]明案：《神仙録》應爲《集仙録》之誤，即杜光庭《墉城集仙録》。

[三]明案：見杜光庭《墉城集仙録》『上元夫人』條，文係姚氏本《墉城集仙録》删簡改寫。

[四]明案：明陶宗儀《説郛》（宛委山堂本）卷五十七輯《真靈位業圖》云：『上元夫人侍女宋辟非。』故姚氏問之。

玄天二女[一]　《拾遺記》[二]：『燕昭王時，有玄天二女善舞，一名旋波，一名捉淡[三]。』[四]　按：捉淡，《杜陽編》[五]作瑶光。[六]

[一]玄天二女：傳説中舞之仙者。
[二]《拾遺記》：志怪小説集，又名《拾遺録》、《王子年拾遺記》，東晋王嘉撰，凡十卷。
[三]明案：『旋波』、『捉淡』，《拾遺記》卷四作『旋娟』、『提謨』，《太平廣記》卷五十六引《王子年拾遺記》作『旋波』、『提謨』。
[四]見晋王嘉《拾遺記》卷四『燕昭王』條。　明案：輯文係姚氏據《拾遺記》文字改寫。
[五]《杜陽編》：即《杜陽雜編》之簡稱，唐蘇鶚撰，凡三卷。
[六]明案：見唐蘇鶚《杜陽雜編》卷上，原文爲：『寵姬薛瑶英，攻詩書，善歌舞，仙姿玉質，肌香體輕，雖旋波、摇光、飛燕、緑珠不能過也。』　又案：姚氏原稿『瑶光』，此作『摇光』。

南岳魏夫人[一]

《列仙傳》：『諱華存，字賢安，小有，王君弟子，楊君之師。』[二]

按：夫人晋司徒魏舒女，嫁劉幼彦，生二子。學道，服胡麻散、茯苓丸，太極真人授以太上寶文，位爲紫虚元君[三]南岳夫人，昇天而去。[四]

[一]南岳魏夫人：傳爲晋人，修行多年，終入仙道，道教上清派尊爲宗師，爲道教四大女神之一，號紫虚元君，主領南岳衡山。
[二]明案：姚氏此輯言出《列仙傳》，或爲誤寫書名，或另有所本，今本《列仙傳》并無此文。梁陶弘景《真靈位業圖》云：『紫虚元君領上真命南岳魏夫人，諱華存，字賢安，小有，王君弟子，楊君師。』或爲姚氏所本。

[三]君：姚氏原稿脱，今從陶弘景《真靈位業圖》文補。

[四]明案：姚氏按語本《太平廣記》卷五十八『魏夫人』條引《集仙録》文字縮寫。

九華真妃[一]

《列仙傳》：『太玄上真元君李夫人之少女，姓安，名鬱嬪，字靈肅，晋時降於茅山。』[二] 按：仙以九華名者，不特真妃。九華侍郎馬成子，見《仙鑒》[三]；九華大仙田先生，見《太平廣記》[四]。

[一]九華真妃：道教所稱女仙，又名紫清上宮九華真妃，原爲晋人，後修煉得道，治理夏蓋山（今屬浙江上虞）。

[二]明案：姚氏此輯言出《列仙傳》，或爲誤寫書名，或另有所本，今本《列仙傳》并無此文。梁陶弘景《真靈位業圖》云：『紫清上宮九華真妃，姓安，晋朝降於茅山。』

[三]《仙鑒》：道書，《歷世真仙體道通鑒》之簡稱，元趙道一撰，凡六十四卷，含《正編》五十三卷，《續編》五卷，《後集》六卷。　明案：是書《後集》卷三『九華安妃』條云：『九華安妃，古之得道女仙也。晋哀帝興寧三年六月十五夜，紫微王夫人降，授真人楊羲道要，與一神女俱來，著雲錦襹，上丹下青，文彩光鮮，視之年可十三四許。左右又有兩侍女，一侍女手中持一錦囊，長一尺二寸，以盛書，有十餘卷，以白玉檢囊口，見刻檢上字云：玉清神虎内真紫元丹章。其一侍女捧一白箱，以絳帶束絡之。白箱似象牙形也。一侍女年可十七八，皆整飾非常。神女及侍者顔容瑩潔，鮮徹如玉，香氣馥亂，如燒香嬰也。（注：香嬰，出外國。）紫微夫人曰：「此是太虚上真元君金臺李夫人之少女也，昔嘗詣龜山學上清道。道成，受太上書

命爲紫清上官九華真妃者也。」於是賜姓爲安，名欝嬪，字靈簫。』又案：馬成子事迹，見趙道一《歷世真仙體道通鑒》卷十「馬成子」條。

［四］見李昉《太平廣記》卷四十四「田先生」條。

徐仙翁［一］

《三仙傳》［二］：『徐純翁，宣和間海陵人。』［三］

［一］徐仙翁：宋元間民間所傳八仙之一。

［二］《三仙傳》：志怪小説，《海陵三仙傳》之簡稱，宋王禹錫撰，凡一卷。

［三］明案：明陸楫《古今説海》卷八十四輯《海陵三仙傳》云：『徐神翁，名守信，海陵人也。生六七歲，始能言。父隸衙籍，少孤，無以自給。年十九歲，役於天慶觀，常持一箒供灑掃，盡力煩辱之事。』

葛仙［一］

《仙鑒》：『葛洪，晋句容人。聞交趾出丹砂，求爲句漏令。携子侄過南海，刺史鄧岳堅留之，乃修道羅浮山，自號抱朴子，丹成而化。妻鮑氏，南海太守靚之女，善灸。』［二］　按：葛仙有四。前於洪者，吴句曲人葛玄，有仙術。後於洪者，晋彭州人葛璝，昇賢於崇真觀。宋瓊山人葛長庚，隱武夷山昇化，號白玉蟾，又號海瓊子。［三］

[一]葛仙：指晋人葛洪，修道成仙，被尊爲葛仙翁，曾著《神仙傳》二十卷。

[二]明案：見元趙道一《歷世真仙體道通鑒》卷二十四『葛洪』條，輯文有删簡。

[三]亦見趙道一《歷世真仙體道通鑒》卷二十四『葛洪』條。

赤松子[一][二]

[一]赤松子：亦名赤誦子，古仙，傳爲黄帝時人，後被道家尊爲左聖南極南岳真人、左仙太虚真人等。

[二]明案：姚氏原稿僅存條目，缺正文，不知何故。漢劉安《淮南子》卷十一《齊俗訓》云：『今夫王喬、赤誦子，吹嘔呼吸，吐故内新，遺形去智，抱素反真，以游玄眇，上通雲天。』漢高誘注：『赤誦子，上谷人也。病厲入山，尋引輕舉。』又：漢劉向《列仙傳》卷上：『赤松子者，神農時雨師也，服水玉以教神農，能入火自燒。往往至崑崙山上，常止西王母石室中，隨風雨上下。炎帝少女追之，亦得仙俱去。至高辛時，復爲雨師，今之雨師本是焉。』後世諸多記載，大都本此。

王子晋[一][二]

[一]王子晋：亦名王子喬，東周靈王太子，在嵩山修道成仙。

[二]明案：姚氏原稿僅存條目，缺正文。漢劉向《列仙傳》卷上：『王子喬者，周靈王太子晋也。好吹笙，作鳳凰鳴。游伊洛之間，道士浮丘公接以上嵩高山。三十餘年後，求之於山上，見栢良，曰：「告我家：七月七

日待我於緱氏山巔。」至時，果乘白鶴駐山頭，望之不得到，舉手謝時人，數日而去，亦立祠於緱氏山下及嵩高首焉。』

東方朔[一][二]

[一]東方朔：漢武帝臣，滑稽多智，後傳爲仙，賣藥於江湖，民間祀爲占卜祖師。

[二]明案：姚氏原稿僅存條目，缺正文。漢劉向《列仙傳》卷下：『東方朔者，平原厭次人也。久在吴中，爲書師數十年。武帝時，上書説便宜，拜爲郎。至昭帝時，時人或謂聖人，或謂凡人。作深淺顯默之行，或忠言，或虧語，莫知其旨。至宣帝初，棄郎以避亂世，置幘官舍，風飄之而去。後見於會稽，賣藥五湖，智者疑其歲星精也。』

毛女[一]

《投轄録》[二]：『蔡元長自長安易鎮西川，道華山，舊聞毛女之异，思得一見。向曉，從者見岳廟，燒紙，爐中有物甚异，以告元長。亟往視之，乃一婦人也，遍身皆毛，色如紺碧而髮若漆，目光射人。顧元長曰：「萬不爲有餘，亦不爲不足。」言訖而去，其疾如飛。既至成都，命寫其像以祀之。』[三]　按：今人言毛女者本此。[四]而第爲一美婦人，不知昉自何也。

[一]毛女：古仙，傳爲秦時宫女，在華陰山中成仙。

[二]《投轄録》：筆記書，宋王明清撰，凡一卷。

[三]明案：見《四庫全書》本《投轄録》，文有删改。

[四]明案：姚氏『今人言毛女者本此』之説，恐非。毛女之説漢唐間已有，漢劉向《列仙傳》卷下『毛女』條云：『毛女者，字玉姜。在華陰山中，獵師世世見之。形體生毛，自言秦始皇宫人也。秦壞，流亡入山避難，遇道士谷春，教食松葉，遂不饑寒，身輕如飛。百七十餘年，所止巖中，有鼓琴聲云。』

黄仙師[一]　《增搜神記》：『師行七，福建汀州上杭人，業巫術，能鞭撻鬼魔，逐妖怪。相傳若有山精石妖爲害，巫者黄七公以符法治之，因隱身，入於其石不出，石壁隱有人影，望之依然先師像云。』[二]

[一]黄仙師：亦稱黄藥師、黄七翁，浙江上杭地區民間祀爲地方神。

[二]明案：輯文另見《新刻出像增補搜神記》卷五、《三教源流搜神大全》卷七、《道藏》本《搜神記》卷五『黄仙師』條，輯文略有改動。

淮南八公[一]　《群書備數》[二]：『八公：蘇飛、李尚、左吴、田由、雷被、毛被、伍被、晋昌。』[三]　按：此八公，即漢淮南王安集天下善易者，延於八公山。然當時云九師，不知因山名而削去一人，亦不知其一人即安耳。

[一]淮南八公：漢淮南王劉安八位門人，助劉安撰《淮南子》一書，後演爲八仙。

[二]《群書備數》：蒙學書，又名《群書拾唾》，明張九韶撰，凡十二卷。

[三]見張九韶《群書拾唾》卷五。　明案：宋樂史《太平環宇記》卷一百二十九『壽州』條云：『八公山，一名肥陵山，在縣北四里。昔淮南王與八公登山，埋金於此，白日昇天，餘藥在器，鷄犬舐之皆仙。其處石皆陷，人馬之迹猶在，故山以八公爲名。』是八公仙迹也。成語『一人得道，鷄犬昇天』即本此。

卷十　雜神

六丁神[一]

《後漢書·梁節王傳》[二]：『從官卞忌自言能使六丁。』[三]注[四]云：『六丁謂六甲中丁神也。如甲子旬中，則丁卯爲神；甲寅旬中，則丁巳爲神之類。役使之法：先齋戒，然後其神至，可使至遠，及知吉凶也。』[五]

[一]六丁神：道教神名，謂天干地支相配之丁卯、丁巳、丁未、丁酉、丁亥、丁丑六位，皆爲天帝屬神。六丁之外，仍有六甲之説，詳見道經《無上九霄雷霆玉經》、《靈寶六丁秘法》等。

[二]《後漢書》：史書，南朝范曄撰，凡九十卷。今本《後漢書》一百二十卷，係加入晋司馬彪《續漢書》志三十卷所致。

[三]明案：見《後漢書》卷五十《孝明八王列傳·梁節王暢》，原文爲：『暢性聰慧，然少貴驕頗不尊法度。歸國後，數有惡夢，從官卞忌自言能使六丁，善占夢，暢數使卜筮。』

[四]注：指唐李賢注。

[五]明案：此輯李賢注文，姚氏略有删簡，原文見《後漢書》卷五十《孝明八王列傳·梁節王暢》李賢注。

身神[一]　《龍魚河圖》：『髮神名壽長，耳神名嬌女，目神名珠映[二]，鼻神名勇盧，齒神名丹朱。』[三]《黄庭經》[四]：『髮神蒼華，字太元；腦神精根，字泥丸；眼神明上，字英玄；鼻神玉壟，字靈堅，亦曰玉壟；耳神空閒，字幽田；舌神通命，字正倫；齒神鍔[五]鋒，字羅千；一面之神宗泥丸；心神丹元，字守靈；牙神皓華[六]，字虚成；肝神龍烟，字含明；腎神玄冥，字育嬰；脾神嘗在，字魂停；膽神龍曜，字威明。』[七]　按：《酉陽雜俎》又有异名者，如「腦神曰覺玄，髮神曰玄華，目神曰虚監，鼻神曰冲龍王，舌神曰始梁」[八]，讀百骸之神名。

[一]身神：身體之神。人體各部有神，乃道家之説，中醫沿用。
[二]映：《太平御覽》卷八八一引《龍魚河圖》作『殃』。
[三]明案：《太平御覽》卷八八一引《龍魚河圖》『齒神名丹朱』下有『夜卧三呼之，有患亦便呼之九過，惡鬼自却』諸語。
[四]《黄庭經》：道教典籍，有《内經》、《外經》之分，傳爲西晋魏華存撰，今存《黄庭内景經》一卷，《黄庭外景經》三卷。
[五]鍔：《道藏輯要》本《黄庭輯要經》作『崿』。
[六]明案：牙神皓華，姚氏原稿誤，應爲『肺神浩華』，見《道藏輯要》本《黄庭内景經》。
[七]明案：輯文見《道藏輯要》本《黄庭内景經》『至道』、『心神』兩節。

［八］見唐段成式《酉陽雜俎·前集》卷十一「廣知」。

三尸神［一］　《藝苑卮言》引道書：「上尸彭踞，中尸彭躓，下尸彭騰。」［二］按：一作彭質、彭矯、彭居。［三］又道書稱：「上尸清姑，中尸白姑，下尸血姑。」［四］

［一］三尸神：又名「三彭」、「三蟲」。道家謂人身上、中、下丹田各有神主，均姓彭，名字各异，統稱三尸神。

［二］明案：此言《藝苑卮言》文，誤，《藝苑卮言》無此説。清褚人獲《堅瓠集》五集「三月」條：「道家言人身有尸蟲三，謂之三彭：上尸彭踞、中尸彭躓、下尸彭蹻。每於庚申夜，伺人昏睡，以其過惡陳於上帝，故學道者，庚申夕不寐。三尸，即諺所謂腹中回蟲也。」　又案：《道藏》洞神部玉訣類輯《太上老君説常清静妙經序》：「人身之中有三尸之神，其名曰彭琚、彭躓、彭蹻，是爲三魂。」

［三］明案：宋張君房《雲笈七籤》卷十三《太清中黄真經》「食氣玄微章第二」引《洞神玄訣》：「上蟲居上丹田，腦心也，其色白而青，名彭居，使人好嗜欲癡滯。……中蟲名彭質，其色白而黄，居中丹田，使人貪財好喜怒。……下尸其色白而黑，居下丹田，名彭矯，使人愛衣服、耽酒好色。」

［四］明案：明劉仲達《劉氏鴻書》卷十云：「三尸神姓彭，上尸清姑，名質，伐人腦。中尸白姑，名矯，伐人五臟。下尸血姑，名居，伐人胃命。」

長養神［一］　《廣雅》［二］：「女夷，春夏長養之神。」［三］

［一］長養神：謂古神話人物女夷，主萬物生長，亦謂花神。

［二］《廣雅》：一作《博雅》，訓詁書，魏張揖撰，凡十卷。

［三］明案：今本《廣雅》無此語。漢劉安《淮南子》卷三《天文訓》云：『女夷鼓歌，以司天和，以長百穀、禽鳥、草木。』漢高誘注：『女夷，主春夏長養之神也。』又：《太平御覽》卷八三七引《淮南子》注略异，文曰：『女夷，天帝之女，下司時，和春陽，喜樂鼓歌也。』又：明馮應京《月令廣義》卷一『祀典』云：『女夷，主春夏長養之神，即花神也。』

粟麥之神　《春秋佐助期》：『粟神名許給，姓庸天［一］；麥神名福習［二］；黍神名俶佞、蘭郝［三］；豆神名靈殖，姓樂。［四］』

［一］庸天：《太平御覽》卷八四〇『百穀部四』引《春秋佐助期》作『慶天。』

［二］福習：《太平御覽》卷八三八『百穀部二』引《春秋佐助期》：『麥神名含福，姓習。』

［三］見《太平御覽》卷八四二『百穀部六』引《春秋佐助期》。

［四］見《太平御覽》卷八四一『百穀部五』引《春秋佐助期》。

鏡神［一］　《酉陽雜俎》：『神名紫珍。』［二］

［一］鏡神：銅鏡之神。

[二]明案：姚氏言此文輯自《酉陽雜俎》，恐誤，今本《酉陽雜俎·前集》卷二『玉格』言及『巨鏡』、卷三『貝編』言及『天鏡』、卷十『物异』言及『秦鏡』，均無鏡神『紫珍』之説。明確提及鏡神『紫珍』者，惟《太平廣記》卷二百三十『王度』條引《异聞集》（即隋王度《古鏡記》），文曰：『其夜，鏡於匣中泠然自鳴，聲甚徹遠，良久乃止，度心獨怪。明早，龍駒來謂度曰：「龍駒昨忽夢一人，龍頭蛇身，朱冠紫服，謂龍駒：我即鏡精也，名曰紫珍。常有德於君家，故來相托。爲我謝王公，百姓有罪，天與之疾，奈何使我反天救物？且病至後月，當見愈，無爲我苦。」度感其靈怪，因此志之。至後月，病果漸愈，如其言也。』鏡神『紫珍』之説，當本此。

兵器神

《龍魚河圖》：『劍神名飛揚[一]，矛神名天矢陰[二]，弓神名曲張[三]，斧神名狂章[四]，盾神名自障。[五]』按：《埤雅》[六]及《太公兵法》[七]又有：「推亡、遠望，弩也；續長，劍也；脱光，刀也。」[八]《物理論》[九]：『司刀鬼，名聻，一名滄耳。』[十]

[一]見《太平御覽》卷三四四引《龍魚河圖》。
[二]唐虞世南《北堂書鈔》卷一百二十三引《龍魚河圖》：『矛名天矢陰。』又引《太公兵法》：『矛之神名跌蹌。』
[三]《太平御覽》卷三四七引《龍魚河圖》：『弓之神，名曰曲張。』
[四]見《太平御覽》卷七六三引《龍魚河圖》。
[五]《太平御覽》卷三五六引《龍魚河圖》『盾』作『楯』。
[六]《埤雅》：訓詁書，宋陸佃撰，凡二十卷。明案：姚按言宋陸佃《埤雅》有『推亡』等神名記載，乃誤，

實爲明朱謀瑋《駢雅》有此説，見《駢雅》卷五上，文曰：『曲張，弓神也。推亡、遠望，弩神也。續長，箭神也。脱光，刀神也。飛揚，劍神也。狂章，斧神也。』

[七]《太公兵法》：兵書，又稱《六韜》或《太公六韜》，舊題周文王師姜望撰，凡六卷。

[八]《太平御覽》卷三四七引《春秋佐助期》：『天弓，主司弓弩之張，神名推亡。』　明案：《藝文類聚》卷六十引《太公兵法》：『刀子之神，名曰脱光。』又：『箭之神，名續長。』又：『弩之神，名遠望。』

[九]《物理論》：道書，三國吴楊泉撰，原書佚，清有輯本。

[十]明案：姚氏此言輯自楊泉《物理論》，因原書今佚，未知姚氏據何書所引。原句諸書皆引作出於唐杜佑《通典》，如明張自烈《正字通・耳部》：『《通典》：「聻，司刀鬼，名漸耳。一名滄耳。」』又：《康熙字典》未集中『耳部』引《通典》文同。

機神[一]　《淮南子》：『伯余之作衣也，緂麻索縷，手經指挂，後世爲之機杼，以便其用。』[二]高誘注：『伯余，黄帝臣也。』　按：唐時織染署有七月七日祭杼之文[三]，疑其機神也。近見機神，白面三目，不知何典？[四]

[一]機神：亦稱杼神，合稱機杼神，爲紡織業崇祀之神。

[二]明案：見漢劉安《淮南子》卷十三《氾論訓》，文有删簡。

[三]明案：唐玄宗撰《唐六典》卷二十二提及『織染署有七月七日祭杼之文』。

[四]明案：機杼之神，明清崇祀尤盛，史上計有黄帝、伯余、嫘祖、褚載、張衡、織女諸説，未有定論。明全

祖望《鮚埼亭集外編》卷四十六《與厲樊榭論機神廟祀書》及今人李喬《行業神崇拜》一書有詳考，可資參閱。

船神[一]

《北户録》[二]：『梁簡文[三]《船神記》云：「船神名馮耳。」（一作鴻耳）[四]按《五行書》[五]云：「下船三拜，三呼其名，除百忌。」又呼爲孟公、孟姥。劉思真[六]云：「玄冥爲水官，死爲水神。冥、孟聲相似。」又云：「孟公父名憒，母名衣。孟姥父名板，母曰履。或曰冥父、冥姥，因玄冥也。」』[七]

[一]船神：内地沿江行船者崇祀之神。

[二]《北户録》：筆記書，唐段公路撰，凡三卷。

[三]明案：梁簡文，即梁簡文帝。簡文帝以文采著稱，有多篇詩文及著作存世，然其《船神記》今佚。

[四]見段公路《北户録》卷二。　明案：明郎瑛《七修類稿》卷二十三『船』條云：『舟之名多矣，未聞有舟之神名。梁簡文《船神記》謂「名鴻耳。」』

[五]《五行書》：撰者未詳，疑爲道書。

[六]劉思真：晋人，唐徐堅《初學記》有載。

[七]明案：見唐段公路《北户録》卷二『鷄骨卜』條，文略有删改。原文尚有：『船神呼爲孟公、孟姥，其來尚矣』之句。又注引《异苑》：『船人曰孟公、孟娃。利涉之所虔奉，商賈之所崇仰也。荆州送迎，恒烹牛爲祭。』

床公、床婆[一]　《同話録》[二]：『崔大雅在翰苑夜直，玉堂忽降旨，令撰《祭床婆子文》。』[三]楊循吉詩：『買餳迎竈帝，酌水祀床公。』[四]　按：床公、床婆之祭，始於宋代。[五]

[一]床公、床婆：民間信仰之床神。
[二]《同話録》：筆記書，南宋曾三异撰，凡一卷。
[三]明案：見明陶宗儀《説郛》（宛委山堂本）卷二十三輯曾三异《同話録》『床婆子』條，文有删簡，原文爲：『崔大雅在翰苑夜直，忽有内降撰文字。秉燭視之，乃撰《祭床婆子文》，恍然不知格式，又無舊案可據，甚以爲窘。』
[四]明案：楊循吉，明代詩人。此詩出自楊循吉《除夜雜咏》，見清初錢謙益編《列朝詩集》丙集第六。
[五]明案：本條輯文及姚氏按語，均見清翟灝《通俗編》卷十九『床公床婆』條。

衣服神[一]　《酉陽雜俎》：『衣服鬼，名甚遼。』[二]

[一]衣服神：古稱衣服鬼。
[二]見唐段成式《酉陽雜俎·前集》卷十四《諸皋記上》。

夢神[一]　《仙經》[二]：『神名宜槑善。』[三]《記事珠》[四]：『神名趾離，呼之寢去，清吉。』[五]按：二説不同。後説猶《河圖》[六]所謂「呼五岳神名，令人不病」[七]，我不知誰呼之而誰知之耶？

[一]夢神：道家所稱理夢之神。
[二]《仙經》：道書，撰者未詳，學界以爲秦漢或三國黄老之士所撰，今佚，後世多有引用。
[三]《康熙字典》辰集中『槑』字注引《唐韵》：『常者切，音社。宜槑善，夢神，見《仙經》。』
[四]《記事珠》：逸聞書，晚唐馮贄撰，不分卷。
[五]明案：見明陶宗儀《説郛續》卷二十一輯馮贄《記事珠》『夢神』條，原文爲：『夢神曰趾離，呼之而寢，夢清而吉。』
[六]《河圖》：漢代緯書，撰者未詳，今佚，後世有輯本。明案：此言《河圖》，乃《龍魚河圖》之簡稱。
[七]明案：《太平御覽》卷八八一引《龍魚河圖》：『東方太山君神，姓圓名常龍；南方衡山君神，姓丹名靈峙；西方華山君神，姓浩名鬱狩；北方恒山君神，姓登名僧；中央嵩山君神，姓壽名逸群，呼之令人不病。』

厠神[一]　《酉陽雜俎》：『厠鬼名頊。』[二]一名郭登。[三]《五行雜書》[四]：『神名后帝。』[五]《顯异録》[六]：『紫姑，萊陽人，姓何，名媚，字麗卿。壽陽李景納爲妾，爲大婦曹氏所嫉，正月十五夜，陰殺之厠間。上帝憫之，命爲厠神。故世人以其日作其形，於厠間迎祝，以占衆事。』[七]　按此，則古今厠神，亦有更改。今杭俗呼爲坑三姑，則神必婦女可知。

[一]厠神：道家及民間祀奉司厠之神，有紫姑、厠姑、三姑、三霄娘娘等稱謂。
[二]見唐段成式《酉陽雜俎·前集》卷十四《諾皐記上》。
[三]明案：明陶宗儀《説郛》（宛委山堂本）卷一百十七輯唐牛僧孺《幽怪録》『郭登厠』條：『（郭登），厠神名。』
[四]《五行雜書》：即《雜五行書》，又名《雜五行志》，撰者未詳，疑爲漢晋人撰，原書今佚，唐宋間多有引用，清馬國翰《玉函山房輯佚書》有輯本。
[五]梁宗懍《荆楚歲時記》引《雜五行書》：『厠神，名后帝。』
[六]《顯异録》：撰者未詳。
[七]明案：清陳夢雷《古今圖書集成·神异典》卷四十『紫姑』條引《顯异録》：『紫姑，萊陽人，姓何名媚，字麗卿。壽陽李景納爲妾。其妻妒之，正月十五陰殺於厠中。天帝憫之，命爲厠神。故世人作其形，夜於厠間迎祀，以占衆事，俗呼爲三姑。』

三相[一]

《史記·秦始皇紀》：『以罪過連逮少近三郎官者，無得立者。』[二]　《索隱》注：『三郎，謂中郎、外郎、議郎。』[三]　按：今吏胥家俱奉之，稱爲三相。[四]

[一]三相：湖北荆州民間所祀地方神。
[二]見《史記》卷六《秦始皇本紀》。
[三]明案：見《史記》卷六《秦始皇本紀》唐司馬貞《索隱》，原文爲：『三郎謂中郎、外郎、散郎。』
[四]明案：姚氏所謂『今吏胥家俱奉之』者，非秦皇之三郎，而是宋元之三人。清嘉慶《重修一統志》卷三百四十五記：『三相祠在公安縣東北，祀宋寇準、孟珙，元廉希憲。』又：清光緒《荆州府志》卷二十七：『寇萊公祠，在北門，舊在油河隄，祀宋宰相忠愍公準。公卒於雷州，柩過公安，士民感其忠義，道旁致祭，折竹挂紙錢焚之。逾月，枯竹盡生笋。衆因爲立祠。』又：『三相祠，即竹林祠，在舊學宫内，後人并祀宋孟忠襄公珙，元廉文正公希憲。』

五通神[一]

《武林聞見録》[二]：『嘉泰中，大理寺決一囚，數日見形獄吏，云：「泰和樓五通神虚位，某欲充之。求一差檄，言差充某神位，得此爲據，可矣。」如其言，經數月，人聞樓上五通神日夜喧鬨，吏乃泄前事，爲增塑一像，遂寂。』[三]《留青日札》：『明太祖定天下，封功臣，夢陣兵卒千萬請恤。太祖許以五人爲伍，處處血食。乃命江南家立尺五小廟，俗稱爲五聖堂。』[四] 按此二説，五通與五聖，不可强合。然後説亦頗有理，或曰是五方神，或曰是五行神（并見上），或又作勝，終無確論。但五通之名，唐時已有，故柳柳州[五]載於《龍城録》[六]。

[一]五通神：厲鬼，又爲財神，民間亦稱五郎神、五猖神等，其來源各异。

[二]《武林聞見録》：筆記書，南宋葉紹翁撰。

[三]見清翟灝《通俗編》卷十九「五通神」條引《武林聞見録》。

[四]見清翟灝《通俗編》卷十九「五通神」條引《留青日札》。明案：今本《留青日札》未見此語。

[五]柳柳州：即唐柳宗元，因任柳州刺史，故史稱「柳柳州」。

[六]明案：見清翟灝《通俗編》卷十九「五通神」條引唐柳宗元《龍城録》，文曰：「柳州舊有鬼名五通。余始到，不之信。一日偶發篋易衣，僅爲灰燼，乃爲文醮訴於帝。帝懇我心，遂爾龍城絶妖邪之怪。」又案：《三教源流搜神大全》卷二、《道藏》本《搜神記》卷二、《新編連相搜神廣記》前集「五聖始末」條，均記有「五通神」事迹。今人袁珂先生言「五顯神即五通神」，詳見《中國神話傳説詞典》「五顯神」條。

樹頭五聖[一]

《周禮・大司徒》注：「野無社主者，不立壇壝，但依其野之所，宜樹木，以棲田神。」[二]按：樹頭之神，故言禮家所不廢。今粵中郊廛鄉遂無不有社。社皆依榕而立，亦行古之道也。蓋榕生粵中，最大且壽，迨以松以柏之意歟？愚意野中大樹，皆有神棲，俗稱樹頭五聖。然五聖之名，未見於典，大約俗子所加。[三]

[一]樹頭五聖：謂樹木之神，江南俗稱樹頭五聖。

[二]見清翟灝《通俗編》卷十九「樹頭五聖」條引《周禮・大司徒》注。

[三]《通俗編》卷十九『樹頭五聖』條翟灝按：『今謂野中大樹，皆有神栖止，稱曰樹頭五聖。五聖之號，俗人所率加也。樹頭之神，固言禮者所必及也。《水經·漸江水》注：「山陰有大樹神廟。」』明案：明陸粲《庚巳編》卷五『説妖』條云：『吴俗所奉妖神，號曰五聖，又曰五顯靈公，鄉村中呼爲「五郎神」，蓋深山老魅、山蕭、木客之類也。』知『五聖』原爲吴地泛稱，非五位神人也，下同。

魚花五聖[一]　《管子·輕重篇》[二]：『立五厲之祭，祭堯之五吏。春獻蘭，秋斂落，原魚以爲脯，鯢以爲殽。若此，則澤魚之正，百倍异日。』[三]　按：今所謂『魚花五聖』，濫觴於此。[四]

[一]魚花五聖：似爲吴地漁獵之神。

[二]《管子》：先秦典籍，舊題周管仲撰，唐房玄齡注，凡二十四卷。

[三]見《管子·輕重甲》。

[四]明案：姚氏此按，本《通俗編》卷十九『魚花五聖』條清翟灝按。

九原丈人[一]　《隨園隨筆》[二]：『沈學子。松江江口有九原丈人廟，心竊疑之，不知爲何神。後閱東方朔《十洲記》[三]，始知管河瀆水怪龍蛇之神也，乃作《九原丈人考》，勒諸廟石。』[四]

[一]九原丈人：民間祭祀之海神。

[二]《隨園隨筆》：清袁枚撰，凡二十八卷。

[三]明案：明陶宗儀《説郛》（宛委山堂本）輯漢東方朔《海内十洲記》云：『方丈洲在東海中心，西南東北岸正等，方丈方面各五千里。上專是群龍所聚，有金玉琉璃之宫，三天司命所治之處。群仙不欲昇天者，皆往來此洲，受太玄生籙，仙家數十萬。耕田種芝草，課計頃畝，如種稻狀。亦有玉石泉，上有九源丈人宫，主領天下水神，及龍蛇巨鯨、陰精水獸之輩。』

[四]明案：姚氏此輯言出袁枚《隨園隨筆》，誤，實見袁枚《隨園詩話》卷九，原文爲：『雲間沈大成，字學子，皓首窮經，多聞博學，嘗見古廟有九原丈人之碑，不知所出。後閲《十洲記》，始知乃海神，司水者也。因作《九原丈人考》一篇。』

五道將軍[一]　《三國典略》[二]：『崔季舒未遇時，害其妻晝魇，云：「見人長一丈，遍體黑毛，欲來逼己。」巫曰：「此是五道將軍，入宅者不祥。」』[三]《留青日札》：『今所五道將軍者，盗神也，亦不知所由昉。』[四]按：宋廢帝永光間，五盗寇於一方。景和間，帝遣張洪破之於新封之北。五人又作怪害民，其姓名曰杜平、李思、任安、孫立，其一人無聞。[五]

［一］五道將軍：一説爲盜神，道教説爲東岳大帝屬神。

［二］《三國典略》：史書，唐丘悦撰，凡三十卷，今佚。

［三］見清翟灝《通俗編》卷十九「五道將軍」條引《三國典略》。

［四］明田藝蘅《留青日札》卷二十八「五道將軍」條：「今云五道將軍，謂盜神也。……俗有游方五聖、樹頭五聖、花花五聖，皆貪淫邪亂之神，或曰即五通也。」

［五］明案：姚按言「其一人無聞」，「無聞」之人即爲耿彦正。《三教源流搜神大全》卷二「五盜將軍」條云：「《世略》曰：五盜將軍者，即宋廢帝永光年間五盜寇也。於一方之地，作亂爲盜，後於景和年，帝遣大將張洪破而殺之於新封縣之北。其五人又作怪盜於此，發之者皆呼爲五盜將軍也。杜平、李思、任安、孫立、耿彦正。」

土神［一］

《太平御覽》：「犯土者，依方治之，其病率愈。」［二］《齊民要術》［三］載《祝麴文》曰：「東方青帝土公，南方赤帝土公，西方白帝土公，北方黑帝土公，中央黄帝土公。某甲謹相祈請云云。」［四］按此，則今俗祀土之説，由來已久。而所舉土神名號，又不一而足。

［一］土神：土地之神，爲歷朝歷代各階層所祀，上至官方社神，下至民間土地公公，名號各一。

［二］明案：見《太平御覽》卷三十七引裴玄《新言》，原文爲：「俗間有土公之神，云土不可動。玄有五歲女孫，卒得病，詣市卜，云『犯土』。玄即依方治之，病即愈，然后知天下有土神矣。」

[三]《齊民要術》：農書，北魏賈思勰撰，凡十卷。

[四]明案：見清翟灝《通俗編》卷十九『土神』條引《齊民要術》，原文見賈思勰《齊民要術》卷七引《祝麴文》，文曰：『東方青帝土公，青帝威神；南方赤帝土公，赤帝威神；西方白帝土公，白帝威神；北方黑帝土公，黑帝威神；中央黄帝土公，黄帝威神。某年月，某日辰，朝日，敬啓五方五土之神。』

痘花五聖[一]

《道録》[二]：『神姓張，名勝，河南虢州閿鄉人。生於唐貞觀六年五月五日，掌管人間疹痘。以其功大，故統名爲痘神云。』[三]　按：神封「掌管天花府號國公痘神哥哥」[四]，凡言「五聖」者，皆俗子之稱。[五]

[一]痘花五聖：痘神，道家及民間信仰中主管天花之疫，道家稱『痘神號國公』；亦有女神之説，稱痘花夫人，列祀於五聖祠中。

[二]《道録》：此爲道家典籍之泛稱。

[三]明案：見佚名撰《痘母真經》（一名《太上靈寶天尊説消瘟益壽利痘保重真經》，民國二十六年抄本），原文爲：『（神）姓張，名勝，河南虢州閿鄉人。生於唐貞觀六年五月初五日，敕掌管人間痧麻疹痘。以其功大於痘，遂統名痘神云。』

[四]亦出《痘母真經》。

[五]明案：痘之有神，源自道家及醫家，然終爲何人，或男或女，世無定論。清吴汝綸《桐城吴先生詩文集》卷四有《痘神考》一文，可資參閲。

杜主[一]　《史記·封禪書》：『雍菅廟亦有杜主。杜主，故周之右將軍，其在秦中，最小鬼之神者。』[二]

[一]杜主：周宣王臣，死而爲神。

[二]明案：見《史記》卷二十八《封禪書》唐司馬貞《索隱》，文曰：『《地理志》：「故杜伯國，有杜主祠四。」《墨子》云：「周宣王殺杜伯不以罪，後宣王田於圃，見杜伯執弓矢射，宣王伏弢而死也。」』《索隱》又云：『謂其鬼雖小，而有神靈。』

産神[一]　《山齋雜録》：『語忘、敬遺，治産鬼名也。臨産呼之，吉。』[二]

[一]産神：道家及民間信仰主管婦女生産之神，亦稱産鬼。

[二]明案：産神之説，早見於唐段成式《酉陽雜俎·前集》卷十四《諾臯記上》，文曰：『語忘、敬遺，二鬼名，婦人臨産呼之，不害人。長三寸三分，上下烏衣。』又：清紀昀《閲微草堂筆記》卷五『灤陽消夏録五』：『正乙真人，能作催生符，人家多有之。……或曰：《道書》載有二鬼，一曰語忘，一曰敬遺，能使人難産。知其名而書之紙，則去。』清蘇完瓜爾佳·景林《山齋雜録》之語，當本段成式《酉陽雜俎》。

炊神[一]　《郊祀志》[二]：『族人炊，古炊母之神名。』[三]

[一]炊神：上古事炊之神，有族人炊、先炊、炊母等名。

[二]《郊祀志》：指《漢書·郊祀志》。

[三]《漢書》卷二十五《郊祀志上》：『晉巫祠五帝、東君、雲中君、巫社、巫祠、族人炊之屬。』唐顏師古注：『族人炊，古主炊母之神名也。炊謂饎爨也。』明案：《禮記·禮器》云：『燔柴於奥。夫奥者，老婦之祭也。盛於盆，尊於瓶。』漢鄭玄注：『老婦，先炊者也。』又：《史記》卷二十八《封禪書》云：『晉巫，祠五帝、東君、雲中、司命、巫社、巫祠、族人、先炊之屬。』唐張守節《正義》：『先炊，古炊母神也。』故炊之有神，上古有傳，後世多祀竈神。

釜甑神[一]　《五行雜書》：『釜甑鬼名婆女。凡遇釜鳴，呼其名不灾。』[二]

[一]釜甑神：炊具之神。

[二]明案：《五行雜書》佚失已久，清馬國翰《玉函山房輯佚書》子編五行類曾輯有《雜五行書》一卷，但未見此文。元佚名撰《居家必用事類全集》丁集有『凡遇釜甑鳴，鬼名婆女，但呼其名，亦不爲灾』之句，但未注明出處。姚氏此輯，亦未言輯自何書。

祖神[一]　《琅琊代醉編》：『纍祖，黄帝子，好遠游而死於道，後人祭以爲行神。

一云祖神名修，共工氏之子，好遠游。舟車所至，足迹所達，靡不窮覽，故祀爲祖神。』[二]

[一]祖神：道路之神。

[二]明案：祖神之説，漢應劭《風俗通義》卷八云：『《禮傳》：共工氏之子曰脩，好遠游，舟車所至，足迹所達，靡不窮覽，故祀以爲祖神。祖者，徂也。』又：《史記》卷五十九《五宗世家》唐司馬貞《索隱》：『祖者行神，行而祭之，故曰祖也。……又崔浩云：「黄帝之子累祖，好遠游而死於道，因以爲行神。」』又：梁蕭統《文選》卷二十《應詔樂游苑餞吕僧珍詩一首》『祖餞』句唐李善注引漢崔寔《四民月令》：『祖，道神也。黄帝之子，好遠游，死道路，故祀以爲道神，以求道路之福。』明張鼎思《琅琊代醉編》之言，當本此諸説。

藥王[一]　《列仙傳》：『韋善俊，唐武后時京兆人，長齋奉道法，嘗携黑犬，名烏龍。』[二]《桐陰舊話》[三]：『韓忠獻億年六七歲，病甚，忽若張口飲藥狀，曰：「有道士牽犬，以藥飲我。」俄汗而愈。因畫像以祀之。』[四]　按：世稱藥王，或以爲神農，或以爲岐伯。然岐伯可云醫祖，不可云藥王。且今人第知有岐伯，而不知岐伯之師僦貸季[五]也。

［一］藥王：醫藥之神，各朝各地所祀不一，計有神農、岐伯、扁鵲、韋善俊、孫思邈、李時珍之輩。

［二］明案：今本《列仙傳》無。宋韓元吉《桐陰舊話》引《列仙傳》：『韋善俊，唐武后朝京兆人，長齋奉道法，嘗携黑犬，名烏龍，世俗謂爲藥王云。』清俞樾《茶香室叢鈔》卷十五『藥王』條引《列仙傳》文同。

［三］《桐陰舊話》：筆記書，宋韓元吉撰，凡一卷。

［四］明案：原文見明陶宗儀《説郛》（宛委山堂本）卷四十五輯韓元吉《桐陰舊話》，姚輯有删減。

［五］明案：僦貸季，上古神農時人，傳爲岐伯之師，爲醫家之祖。《黄帝内經素問》卷四《移精變氣論》：『岐伯曰：「色脉者，上帝之所貴也，先師之所傳也。」』唐王冰注：『上帝，謂上古之帝。先師，謂岐伯祖世之師僦貸季也。』

儺［一］　《東漢書·志》［二］：『黄門令奏曰：「侲子備，請逐疫。」於是中黄門倡，侲子和，曰：「甲作食殅，胇胃食虎，雄伯食魅，騰簡食不祥，攬諸食咎，伯奇食夢，强梁、祖明共食磔死寄生，委隨食觀，錯斷食巨，窮奇、騰根共食蠱。凡使十二神追惡凶，赫女軀，拉女干，節解女肉，抽女肺腸。女不急去，後者爲糧！」』［三］按：儺所以逐疫，此逐疫之神，其即古之儺歟？第不知神狀，亦『黄金四目，執戈揚盾而蒙熊皮，玄衣朱裳』否？［四］

［一］儺：陰氣諸疫鬼之總稱，古有臘月驅儺儀式，今演爲儺戲。

[二]《東漢書・志》：即《後漢書・禮儀志》。

[三]見范曄《後漢書・志五禮儀中》『大儺』條。

[四]明案：姚輯《後漢書》文上有『方相氏黄金四目，蒙熊皮，玄衣朱裳，執戈揚盾。十二獸有衣毛角。中黄門行之，冗從僕射將之，以逐惡鬼於禁中』數語，故姚氏問之。

神君[一]　《史記・封禪書》：『上求神君，舍之上林中蹏氏觀。神君者，長陵女子，以子死，見神於先後宛若。』[二]　按：今俗淫祠，每稱神君，而司巫者言神君，又甚夥焉。[三]

[一]神君：神靈之泛稱。此言神君，特指長陵某神。

[二]明案：見《史記》卷二十八《封禪書》，姚氏輯文之下仍有『宛若祠之其室，民多往祠。平原君往祠，其後子孫以尊顯。及今上即位，則厚禮置祠之内中。聞其言，不見其人云』數語。

[三]明案：女子水死爲神君，若舜帝之湘妃之類，史載甚夥，民間祠之，不一而足，故言。

明王[一]　《北魏地形志》[二]：『東澎城郡渤海縣，有東海明王。』[三]　按：凡今社神封號，概曰明王，迨始於此。[四]

[一]明王：山東、河北接壤地域民間所祀地方神。

[二]《北魏地形志》：即《魏書·地形志》。

[三]明案：見清翟灝《通俗編》卷十九『明王』條引《北魏地形志》，原文見《魏書》卷一百六中『海州東彭城郡』條，其文爲：『勃海（縣）……有東海明王神。』

[四]明案：此姚按亦本《通俗編》卷十九『明王』條翟灝按語。

馬下[一]　《庚巳編》：『吴俗雜祀城隍、土地諸神，外别祀馬下，謂其神之從官也。』[二]　按：馬下，疑即《漢書》之『堂下』[三]，今巫者有贊馬下公。

[一]馬下：吴地民間所祀地方神。

[二]明案：輯文見清翟灝《通俗編》卷十九『馬下』條按語引《庚巳編》，原文見明陸粲《庚巳編》卷五『説妖』條，文曰：『吴俗所奉妖神，號曰五聖，又曰五顯靈公，鄉村中呼爲五郎神，蓋深山老魅、山蕭木客之類也。五魅皆稱侯王，其牝稱夫人，母稱太夫人，又曰太媽，民畏之甚。家家置廟莊嚴，設五人冠服如王者，夫人爲后妃飾。貧者繪像於板，事之曰「聖板」。祭則雜以觀音、城隍、土地之神，别祭馬下，謂是其從官。』

[三]《漢書》卷二十五上《郊祀志上》：『荆巫祠堂下、巫先、司命、施糜之屬。』唐顔師古注：『堂下，在堂之下。』

蒿里相公[一]　《增搜神記》：『公姓趙，長安蒿里村人，世本農桑，耕耡爲業。公習科舉登第，爲人耿直，累陳諫事不聽，觸階而死。郡人立祠於長安西二十里，其墳亦在。至唐睿宗延和[二]間，封公爲直列侯。』[三] 按：神之時代及名諱無考。

[一]蒿里相公：陝西民間所祀地方神，姓趙，名字、時代未審。

[二]和：姚氏原稿脱，今據《新刻出像增補搜神記》補。

[三]明案：輯文另見《新刻出像增補搜神記》卷四、《道藏》本《搜神記》卷四、《三教源流搜神大全》卷三「蒿里相公」條，姚氏輯文有删改。

沿江游奕神[一]

《翰苑名談》[二]：『陳堯咨泊舟三山磯，有叟曰：「來日，午有大風，舟行必覆，宜避之。」來日天晴，舟人請解維。公曰：「更待之，同行。」舟一時離岸，公托以事。日午，天色恬然。俄而黑雲四起，大風暴至，折木飛沙，怒濤若山，同行舟多沉溺，公驚嘆。又見前叟，「某乃沿江游奕將也，因公他日當位宰相，因告。」公曰：「何以報德？」叟曰：「吾不求報。貴人所至，龍神理當護衛。願得《金光明經》一部，以乘其力，薄有遷職。」公許之。至京，以經三部，遣投三山磯。又夢前叟曰：「本祈一，公賜之三，今連遷數秩矣。」再拜而去。』[三]

[一]沿江游奕神：傳説之水神。

［二］《翰苑名談》：又名《翰苑》，札記書，唐張楚金撰，凡三十卷，原書佚，《遼海叢書》第八集輯有殘一卷。

［三］明案：見《三教源流搜神大全》卷三『沿江游奕神』條引《翰苑名談》，元刻本《新編連相搜神廣記》後集『沿江游奕神』條亦言引自《翰苑名談》。另明刻本《新刻出像增補搜神記》卷三、《道藏》本《搜神記》卷三均録有此條，文字大體相似，然未言出自何書。

五瘟使［一］

《增搜神記》：『隋開皇十一年六月，内有五力士現於凌空三五丈，身披五色袍［二］，各執一物。一執杓子并罐，一執皮袋劍，一執扇，一執鎚，一執火壺。帝問太史張居仁曰：「此何神？主何灾福？」奏曰：「乃五方力士，在天爲五鬼，在地爲五瘟，名曰五瘟。春瘟張元伯，夏瘟劉元達，秋瘟趙公明，冬瘟鍾仕貴，總管中瘟史文業。現之主疫。是年大疫，帝乃立祠，於六月廿七詔封五方力士爲將軍。青封顯聖，赤封顯應，白封感應，玄封感成，黄封感威，隋唐并用五月五日祭之。後匡阜真人游至此祠，收伏五力士爲部將軍。』［三］

［一］五瘟使：一作五瘟使者，簡稱五瘟，民間傳爲春、夏、秋、冬四季及四季總管之五瘟神。

［二］袍：姚氏原稿作『被』，今據《三教源流搜神大全》文改。

［三］明案：姚氏此輯言出《增搜神記》，然明刻本《新刻出像增補搜神記》卷六、元刻本《新編連相搜神廣記》後集、《道藏》本《搜神記》卷六均有此條，但文字簡略，與姚引文字最爲吻合者乃《三教源流搜神大全》

卷四『五瘟使者』條，可信姚輯此文本《三教源流搜神大全》文字改寫。

蛇鬼[一]

《酉陽雜俎》：『蛇鬼名㑥石圭。一名壥。』[二]

[一]蛇鬼：即蛇神之异名。

[二]見唐段成式《酉陽雜俎·前集》卷十四《諾皋記上》。

身神[一]

《雲笈七籤》：『腦神名覺元子，字道都。髮神名玄文華，字道衡，[二]又字禄之，[三]又名壽長[四]。目神，左字英明，右字玄光。[五]又目神名朱映[六]，一名虛監生，字道童。[七]齒神名丹朱。[八]舌神名始梁峙，字道岐。喉神百流放，字道通。[九]項中神二人，字上間。頸外神二人，玉女君。胸中神二人，虎賁神。[十]心神名豪丘，字陵陽子明。[十一]又名焕陽昌，字道明。肝神名開君童，字道青。[十二]又名方長宜，字子元。[十三]《真誥》：「嬌女，耳神名。」[十四]膽神名龍德拘，字道放。[十五]肺神名青龍，字懋龍子方，[十六]又名素靈生，字道平。[十七]四命鼻神名冲龍玉，字道微。[十八]脾神名黄庭，字飛黄子。[十九]又名寶元全，字道騫。胃神名同來育，字道展。[二十]《西方兵法》[二十一]：「心姓張氏，字巨明。肝姓婁氏，字君明。肺姓文氏，字元明。脾姓巳氏，字元巳。腎姓玄氏，字子真。」[二十二]腸神名兆滕康，字道還。[二十三]腎神名雙以，字林子。[二十四]又名春元，其字道卿。[二十五]肩背神字女爵。兩手神字魂陰。兩脛神字隨孔子。兩足神字柱天力士。兩膝神字樞公。[二十六]』[二十七]

[一]身神：身體之神。道家及醫家認爲人體各部位均有神靈主宰。
[二]見張君房《雲笈七籤》（《正統道藏》本，下同）卷二十九《解胎十二結法》。
[三]見《雲笈七籤》卷十八《第二十二神仙》。
[四]明案：『又名壽長』非《雲笈七籤》文，而爲《龍魚河圖》文，見《太平御覽》卷八八一引《龍魚河圖》。又案：『壽長』一作『長壽』，見唐裴鉉《上玄高真延壽赤書》（《道藏》本）『鬱璘前奔第一』條，文曰：『髮神名長壽。』
[五]見《雲笈七籤》卷十八《第三神仙》及《第四神仙》。
[六]明案：『又目神名朱映』非《雲笈七籤》文，而爲《龍魚河圖》文，見《太平御覽》卷八八一引《龍魚河圖》，文曰：『目神名朱映。』
[七]見《雲笈七籤》卷二十九《解胎十二結法》。
[八]明案：『齒神名丹朱』非《雲笈七籤》文，而爲《龍魚河圖》文，見《太平御覽》卷八八一引《龍魚河圖》，文曰：『齒神名丹朱，夜卧三呼之，有患亦便呼之，九過惡鬼自却。』
[九]見《雲笈七籤》卷三十一『稟生受命』。
[十]見《雲笈七籤》卷十八『第二十二神仙』。

[十一]見《雲笈七籤》卷五十二《五帝雜修行乘龍圖》。

[十二]見《雲笈七籤》卷三十一《太微帝君太一造形紫元内二十四神回元經》。

[十三]明案：姚氏此將「方長宜」作肝神别名，誤，「方長宜」實爲肺神之名，見《雲笈七籤》卷五十二《五帝雜修行乘龍圖》。

[十四]明案：見《雲笈七籤》卷十一《黄庭章第四》引《真誥》，原文爲：「嬌女，耳神名。言耳聰朗徹，明掩玄暉也。」

[十五]見《雲笈七籤》卷二十九《解胎十二結法》。

[十六]明案：「肺神名青龍」應爲「肝神名青龍」，見《雲笈七籤》卷五十二《五帝雜修行乘龍圖》。

[十七]明案：「素靈生」應爲肺神之名，見《雲笈七籤》卷二十九《解胎十二結法》。

[十八]見《雲笈七籤》卷五十二《二十四神行事訣》。

[十九]見《雲笈七籤》卷五十二《五帝雜修行乘龍圖》。

[二十]見《雲笈七籤》卷五十二《二十四神行事訣》。

[二十一]《西方兵法》：未審何書。明案：《雲笈七籤》卷五十二《五帝雜修行乘龍圖》注謂書名爲《黄書西方兵法》。

[二十二]明案：見《雲笈七籤》卷五十二《五帝雜修行乘龍圖》引《黄書西方兵法》，輯文有删簡。又案：《五帝雜修行乘龍圖》引《黄書西方兵法》仍有如下注文：「知五臟神名字，與天地適等，晨暮有常呼之，與言語，有痛處自令其神治之，即差也。不與相知，不與言語，則死矣。」

[二十三]見《雲笈七籤》卷二十九《解胎十二結法》。

[二十四]見《雲笈七籤》卷五十二《五帝雜修行乘龍圖》。

［二十五］見《雲笈七籤》卷三十一《太微帝君太一造形紫元内二十四神回元經》。

［二十六］見《雲笈七籤》卷十八《第二十二神仙》。

［二十七］明案：姚氏此輯身體諸神名，分見宋張君房《雲笈七籤》諸卷，係姚氏輯纂行文，非連貫之原文。

硯神［一］

《致虚閣雜俎》［二］：『神名淬妃。』［三］

［一］硯神：明陶宗儀《説郛》（宛委山堂本）輯《致虚閣雜俎》作『研神』。

［二］《致虚閣雜俎》：札記，又名《致虚雜俎》，宋闕名撰，不分卷。

［三］見明陶宗儀《説郛》（宛委山堂本）卷三十一輯《致虚雜俎》。

筆神

《雜俎》［一］：『神曰佩阿，曰昌化。』［二］

［一］《雜俎》：《致虚閣雜俎》之簡稱，下同。

［二］明案：見明陶宗儀《説郛》（宛委山堂本）卷三十一輯《致虚雜俎》，原文爲：『筆神曰佩阿。……筆神又曰昌化。』

紙神

《雜俎》：『神曰尚卿。』［一］

［一］明案：見明陶宗儀《説郛》（宛委山堂本）卷三十一輯《致虚雜俎》，原文爲：『紙神曰尚卿』。

墨神 《雜俎》：『神曰回氏。』[一]

[一]明案：見明陶宗儀《説郛》（宛委山堂本）卷三十一輯《致虛雜俎》，原文爲：『墨神曰回氏。』

香奩物神 《採蘭雜志》[一]：『黛神曰天軼，脂神曰與贅，香澤神曰雁娘。』[二]

[一]《採蘭雜志》：札記，宋闕名撰，不分卷。

[二]明案：見元伊世珍《琅嬛記》卷下引《採蘭雜志》，原文爲：『膏神曰雁娘，黛神曰天軼，粉神曰子占，脂神曰與贅，首飾神曰妙好，衣服神曰厭多。昔楊太真妝束，每件呼之，人謂之神妝。』

戟神 《太公兵法》：『名大將。』[一]

[一]明案：見《太平御覽》卷三五二引《太公兵法》，原文爲：『戟之神，名大將。』

矛神 《兵法》[一]：『名跌蹌。』[二]

[一]《兵法》：指《太公兵法》。

[二]明案：見《太平御覽》卷三五三引《太公兵法》，原文爲：『矛之神，名跌踚。』

司書鬼

《秘閣閑話》[一]：『名長恩，除夕呼而祭之，鼠不噬，蠹不生。』[二]

[一]《秘閣閑話》：札記，宋闕名撰，不分卷。

[二]明案：見明陶宗儀《説郛》（宛委山堂本）卷二十六輯《秘閣閑話》『司書鬼』條，原文爲：『司書鬼曰長恩，除夕呼其名而祭之，鼠不敢噬，蠹魚不生。』

杵神

《廣博物志》[一]：『名細腰。』[二]

[一]《廣博物志》：類書，明董斯張撰，凡五十卷。

[二]明案：見董斯張《廣博物志》卷三十九『器用』條，原文爲：『杵之神曰細腰。庾信詩曰：「北堂細腰杵。」』

又案：《廣博物志》引庾信詩句，見《庾子山集》卷三《夜聽擣衣》。又：《太平御覽》卷四七二引干寶《搜神記》云：『魏郡張巨本富，忽衰死，散賣宅與程應，舉家疾病，賣與何文。文先獨持大刀，暮入北堂梁上，至一更，見人丈餘，高冠赤幘，呼曰：「細腰。」細腰應喏：「何以有人氣？答無便去。」文往向呼處，因問：「向赤衣冠誰？」答：「是金也，在屋西壁下。」問：「君誰？」答云：「我杵也，今在竈下。」文掘得金三百斤，燒去杵，由此大富，宅清寧。』杵神事迹，於此可見。

名纂

帝王

天皇氏　姓望，名獲，字子潤。

地皇氏　姓岳，名鑑，字子元。

人皇氏　姓愷，名胡洮，字文生。[一]

[一]明案：天、地、人皇姓名，姚氏原稿無注，未説明出處。明王圻《續文獻通考》卷二百十四「氏族考」輯此文同，該條注：『此説出自（《道藏》）《洞神部》，乃晋人托上清紫薇元君僞作者。』。

伏羲氏[一]　名蒼牙。《路史》注[二]

[一]伏羲氏：中華人文始祖，又稱宓羲、庖犧、包犧、伏戲，亦稱犧皇、皇羲、太昊等，神話中五帝之一。

[二]《路史》注：指《路史》宋羅苹注。　明案：宋羅泌《路史・發揮》卷一：『伏羲曰蒼牙。』羅苹注：『見

《黑殺禁文》，詳《羲紀》。』

黃帝氏[一]　名荼。[二]《路史》注

[一]黃帝氏：即黃帝，中華人文初祖，遠古華夏族首領，神話中五帝之首。

[二]宋羅泌《路史·後紀》卷五：『黃帝有熊氏，姓公孫，名荼。』羅苹注：『《河圖挺輔佐》云：黃帝告天老曰荼。昔夢兩龍，以《白圖》授予天老，曰：「河有《河圖》，洛有《龜書》，天其授帝圖乎？」帝乃齋，往河洛。有大魚泝流而泛白圖，帝跪受。荼，古舒字，或作余。』

大禹[一]　字密菽。《世紀》[二]

[一]大禹：古史中夏朝開國君王，夏后氏首領，亦爲原始神話人物。

[二]《世紀》：疑爲晉皇甫謐《帝王世紀》，原書佚，今輯本凡十卷。　明案：唐徐堅《初學記》卷九引《帝王世紀》：『禹，姒姓也。其先出顓頊。顓頊生鯀，堯封爲崇伯。納有莘氏女曰志，是爲修己。見流行貫昴，又吞神珠，意感而生禹於石紐，名文命，字高密。』　又案：姚氏此言『字密菽』，未知所本。

漢武帝[一]　初名吉。《内傳》[二]

[一]漢武帝：劉徹，西漢第七位皇帝，後世傳説頗有神迹。

[二]《内傳》：即《漢武帝内傳》，舊題漢班固撰，凡一卷。明案：文淵閣《四庫全書》本《漢武帝内傳》曰：『孝武皇帝，景帝子也。未生之時，景帝夢一赤彘從雲中下，直入崇芳閣。景帝覺而坐閣下，果有赤龍如霧，來蔽戶牖。宫内嬪御，望閣上有丹霞蓊蔚而起，霞滅，見赤龍盤回棟間。景帝召占者姚翁以問之。翁曰：「吉祥也。此閣必生命世之人，攘夷狄而獲嘉瑞，爲劉宗盛主也。然亦大妖。」景帝使王夫人移居崇芳閣，欲以順姚翁之言也。乃改崇芳閣爲猗蘭殿。旬餘，景帝夢神女捧日以授王夫人，夫人吞之，十四月而生武帝。景帝曰：「吾夢赤氣化爲赤龍，占者以爲吉，可名之吉。」』

成湯[一]　字高密。《藝苑卮言》[二]

[一]成湯：亦名商湯、武湯，古史中商朝開國君王。

[二]明案：明王世貞《藝苑卮言》未有此載，疑姚氏誤將《宛委餘編》録爲《藝苑卮言》，本書前卷亦有類似情況出現。又案：王世貞《宛委餘編》七云：『成湯，字高密，見《帝王世紀》。』

少昊青陽氏[一]　己姓，名質（本作摯）。其父曰清，黄帝第五子。《山海注》[二]

[一]少昊青陽氏：黄帝之子（一説之孫），又稱少昊金天氏，亦爲神話中五帝之一。

[二]《山海注》：疑指《山海經》晋郭璞注。明案：《山海經·大荒東經》郭璞注『少昊之國』僅有『少昊金天

氏，帝摯之號也」之句，無本條所輯之文，或姚氏另有它本。　又案：《太平御覽》卷七九引《帝王世紀》：『少昊帝，名摯，字青陽，姬姓也。』又：宋羅泌《路史·後紀》卷七：『小（少）昊青陽氏，紀姓，名質，是爲挈。其父曰清，黄帝之第五子，方傫氏之生也。』又：唐孔穎達《尚書正義》卷一《尚書序》：『少昊金天氏，名摯，字青陽，一曰玄囂，己姓，黄帝之子。』

帝佐　列侯

蒼頡[一]　姓侯剛氏。《古篆文注》[二]

[一]蒼頡：一作倉頡，古史中黄帝臣，傳爲文字創立者，亦爲神話人物，道家尊爲文字之神。

[二]《古篆文注》：未詳作者。　明案：明王世貞《宛委餘編》七云：『倉頡，姓侯剛氏。見《古篆文注》。』又：漢劉安《淮南子》卷八《本經訓》：『昔者蒼頡作書而天雨粟、鬼夜哭。』許慎注：『蒼頡始視鳥迹之文造書有契，則詐僞萌生。詐僞萌生，則去本趨末，棄耕作之業而務錐刀之利。天知其將餓，故爲雨粟。鬼恐爲書文所劾，故夜哭也。「鬼」或作「兔」，兔恐見取毫作筆，害及其軀，故夜哭。』

共工[一]　名孔壬。《詩考補》[二]

[一]共工：古史中之堯臣，神話中之水神，有與顓頊争神不勝而怒觸不周山神話流傳。

[二]《詩考補》：或即《詩傳考補》之簡稱，撰者未詳。　明案：清劉友光《香山草堂集·南園雜述》云：

『《書》：「巧言令色孔壬。」孔壬，工共名，出《詩傳考補》。』劉友光所言「工共」，即爲「共工」之誤。又案：清胡文英亦著有《詩考補》二卷，或爲同名。

鯀[一] 一名白馬。《山海經》[二]

[一]鯀：大禹之父，神話中有竊天帝息壤以止洪水事迹。

[二]見《山海經·海内經》，文曰：『黄帝生駱明，駱明生白馬，白馬是爲鯀。』明案：《山海經·海内經》另有載：『洪水滔天，鯀竊帝之息壤以堙洪水，不待帝命。帝令祝融殺鯀於羽郊。鯀復（腹）生禹。帝乃命禹卒布土以定九州。』晉郭璞注：『息壤者，言土自長息無限，故可以塞洪水也。』

稷[一] 名棄，字度辰。《路紀》[二]

[一]稷：又名后稷，古史中周朝始祖，神話中黄帝第五代孫，始播百穀者，後世尊爲農神。

[二]《路紀》：即宋羅泌《路史·後紀》。明案：《路史·後紀》卷九上云：『上妃有駘氏曰姜嫄，清净專一而好稼穡，衣帝衣，履帝履，居期而生棄。棄惟元子，披頤象亢，棄之每异。嫄乃收之，爰名曰棄，而字之曰度辰。』

伯益[一]　名隤敳。《本碑》[二]

[一]伯益：古史中之禹臣，詳見卷四『百蟲將軍』條。

[二]《本碑》：疑即《百蟲將軍顯靈碑》。　明案：北魏酈道元《水經注》卷十五《洛水》引《百蟲將軍顯靈碑》云：『將軍姓伊氏，諱益，字隤敳，帝高陽之第二子伯益也。』

商均[一]　名義均。[二]

[一]商均：亦稱義均，古史中之舜子，發明創造頗多。

[二]明案：姚氏此輯未注明出處。《山海經·海内經》：『帝俊生三身，三身生義均。義均是始爲巧倕，是始作下民百巧。』又：宋羅泌《路史·後紀》卷十一：『女罃生義鈞及季釐。季釐封緡，爲桀所克。義鈞封於商，是爲商均，是喜歌舞。』

孤竹君[一]　名初，字子朝。[二]

[一]孤竹君：殷商時期孤竹國國君，伯夷、叔齊之父。

[二]明案：姚氏此輯未注明出處。《史記》卷六十一《伯夷列傳》云：『伯夷、叔齊，孤竹君之二子也。』唐司馬

貞《索隱》：『孤竹君，是殷湯三月丙寅日所封。相傳至夷、齊之父，名初，字子朝。』

伯夷[一]　名允，一名元，字公信。《論語少陽篇》[二]

[一]伯夷：古賢者、義士，有不食周粟、餓死首陽山故事留世。

[二]《論語少陽篇》：實爲《春秋少陽篇》。　明案：《論語》卷五《公冶長》云：『子曰：伯夷、叔齊不念舊惡，怨是用希。』宋邢昺疏引《春秋少陽篇》：『伯夷姓墨，名允，字公信。伯，長也；夷，謚。』又：明張岱《夜航船》卷四『考古部』：『伯夷，名允，一名元，字公信。叔齊，名智，字公達。見《論語》疏。』

叔齊[一]　名智（一作致），字公達。同上[二]

[一]叔齊：伯夷之兄弟。

[二]輯文出處見上條『伯夷』注[二]。

中子[一]　名遠（一作遼），字公望。[二]

[一]中子：一作仲子，即孔子高徒子路。

[二]明案：此條姚氏未注明出處。明張岱《夜航船》卷四「考古部」：「中子，名仲達。見周曇《咏史詩》。」又：《古今圖書集成·氏族典》卷十五引《吕氏春秋》：「伯夷、叔齊，姓墨。夷名允，字公信；齊名智，字公達。其仲僚名遠，字公望。」

箕子[一] 名餘胥[二]。《莊子》司馬彪注[三]

[一]箕子：殷紂王叔父，與微子、比干合稱「殷末三仁」。

[二]明案：餘胥，又作「胥餘」，見本條注[三]。

[三]《莊子》司馬彪注：指《莊子·大宗師》「若狐不偕、務光、伯夷、叔齊、箕子、胥餘、紀他、申徒狄，是役人之役，適人之適，而不自適其適者也」句唐陸德明《釋文》引晉司馬彪注，注云：「胥餘，箕子名也。」

召公[一] 名丑。[二]

[一]召公：指燕昭公。《史記》卷三十四《燕召公世家》：「召公奭與周同姓，姓姬氏。周武王之滅紂，封召公於北燕。」

[二]明案：姚氏此輯未注明出處。東漢許慎《説文解字》卷四上：「奭，盛也，從大從皕，皕亦聲。此燕召公名，讀若郝。《史篇》：『名丑。』」清段玉裁注：「此爲召公名，徵古説也。」

徐偃王[一] 後名弓。[二]

[一]徐偃王：西周徐國國君。

[二]明案：此條姚氏未注明出處。徐偃王名號、事迹，見卷四『徐偃王』條注引張華《博物志》。

皋陶[一] 名庭堅。[二]

[一]皋陶：堯舜之臣。

[二]明案：姚氏此輯未注明出處。晉杜預《春秋經傳集解》卷下：『皋陶，堯舜臣也。……庭堅，皋陶字也。』又：北魏酈道元《水經注》卷三十二引《春秋》：『宣公八年冬，楚公子滅舒蓼，臧文仲聞之，曰：皋陶庭堅不祀，忽諸德之不逮，民之無援，哀哉！』

曹參[一] 字敬伯。《史記》注[二]

[一]曹參：西漢開國功臣，繼蕭何之後爲第二任相國，封平陽侯。

[二]《史記》注：未知作者。明案：《史記》卷五十四《曹相國世家》記曹參事迹，然《集解》、《索隱》、《正義》均不記其字號，惟晉張華《博物志》卷四云：『曹參，字敬伯。』故清梁玉繩《史記志疑》卷二十六

云：『案《博物志》：「參，字敬伯。」班彪譏史公云：「蕭、曹，陳平、董仲舒并時之人，不記其字。」』

聖賢

先聖[一]　初名兵。《孔子通紀》[二]

[一]先聖：指孔子。孔子名丘，字仲尼，後世尊爲至聖先師，亦稱先聖。

[二]《孔子通紀》：明潘府校著，分前紀、正紀、後紀、續録，凡八卷。　明案：是書爲善本，藏海外，未能查閲。又：宋周密《癸辛雜識・别集下》『陳紹大改名』條云：『昔先聖本名兵，已乃去其下二筆，遂易今名登第。及問其語所本，則不能知，所謂异聞也。』　又案：明謝肇制《五雜俎》卷十三『事部一』云：『周公謹《癸辛雜識》載先聖初名兵，已乃去其下二筆，此事并無所出。按先聖因母禱於尼丘而生，故名丘，字仲尼，豈有名兵之事？誕妄甚矣。』孔聖易名，乃民間傳説故事明矣。

申棖[一]　字子績。[二]《孔子通紀》

[一]申棖：孔子七十二門徒之一，字周，精通六藝，後世尊爲先賢。

[二]明案：申棖，首見《論語》卷五《公冶長》，宋邢昺《論語疏》云：『《正義》曰：「鄭云：蓋孔子弟子申續。」《史記》云：「申棠，字周。」《家語》云：「申續，字周。」』　又案：申棖，明王應麟、清錢大昕等人均有考説，然不見『字子績』之載。

林放[一]　字子企。[二]《孔子通紀》

[一]林放：孔子七十二門徒之一，後世尊爲先賢。

[二]明案：《論語・八佾》云：『林放問禮之本。』何晏《集解》：『鄭玄曰：林放，魯人也。』林放字號，有稱子丘，又稱子邱。明陳鎬《闕里志》卷五：『長山侯林放，字子丘，魯人。唐贈清河伯，宋加封。』又：清梁章鉅《論語旁證》卷三引《文獻考》：『林放，字子邱，或曰孔子門人。』　又案：『字子企』之説，待查《孔子通紀》。

子路之子[一]　名子崔。《孝子傳》[二]

[一]子路之子：指孔子高徒子路之子。

[二]《孝子傳》：南朝師覺授撰，凡一卷，今佚。　明案：《太平御覽》卷四八二引師覺授《孝子傳》：『仲子崔者，仲由之子也。初，子路仕衛，赴蒯聵之亂。衛人狐黶，時守門，殺子路。子崔既長，告孔子欲報父仇。夫子曰：「行矣！」子崔即行。黶知之，於城西決戰。其日，黶持蒲弓、木戟，與子崔戰而死。』

達巷黨人[一]　姓項，名槖。《漢董仲舒傳》孟康注[二]

[一]達巷黨人：世傳七歲爲孔子師。
[二]《漢董仲舒傳》孟康注：即《漢書》卷五十六《董仲舒傳》『臣聞良玉不瑑，資質潤美，不待刻瑑，此亡异於達巷黨人不學而自知也』句孟康注，注云：『人，項橐也。』

孟子[一]　字子車，一作子居，《孔叢子》[二]字子輿。《傅玄子》[三]

[一]孟子：即戰國孟軻，孔子之後儒學大師，思想家。
[二]《孔叢子》：語録集，舊題漢孔鮒撰，古本凡三卷，今本凡七卷。輯文見今本《孔叢子》卷二《雜訓六》，原文爲：『孟子車尚幼，請見子思。』　明案：宋王應麟《困學紀聞》卷八云：『孟子，字未聞。《孔叢子》云「子車」，注：「一作子居。」居貧坎軻，故名軻，字子居，亦稱字子輿，疑皆傅會。』
[三]《傅玄子》：即《傅子》，晉傅玄撰，今存一卷。　明案：宋王應麟《困學紀聞》卷八『孟子』原注引《傅子》云：『孟子輿。』

田生[一]　字子春。《楚漢春秋》[二]

[一]田生：西漢吕后之策士。
[二]《楚漢春秋》：雜史書，西漢陸賈撰，凡九卷，唐佚，今存輯本。　明案：宋姚寬《西溪叢語》卷下：『陶淵明詩云：「聞有田子春，節義爲士雄。」《漢書・劉澤傳》云：「高后時，齊人田生游，乏資，以書干澤，澤

大悦之，用金二百斤，爲田生壽。田生如長安，幸謁者張卿，諷高后，立澤爲琅琊王。」晉灼曰：「《楚漢春秋》云：田生，字子春。」

孟母[一]**之父**　名彦璞。《瓦釜漫記》[二]

[一]孟母：孟軻之母，史傳有『孟母三遷』之佳話。

[二]《瓦釜漫記》，明劉世節撰，凡四卷。明案：此條姚氏輯作『孟母之父』，誤，當爲『孟母之夫』。清梁學昌《瞀記》卷三：『孟子亦曰鄒叟，見宋呂陶《浄德集》「送范堯夫詩」自注，前史有謂孟子爲鄒叟者。又《瓦釜漫記》：「孟子父，名彦璞。」』

伏生[一]　字子賤。《西漢碑文》[二]

[一]伏生：西漢經學家，《尚書》保存者，名儒。

[二]《西漢碑文》，即漢代《伏生碑》（一作《伏氏碑》）。明案：《史記》卷一百二十一《儒林列傳》：『伏生者，濟南人也。故爲秦博士。孝文帝時，欲求能治尚書者，天下無有，乃聞伏生能治，欲召之。是時伏生年九十餘，老，不能行，於是乃詔太常使掌故朝錯往受之。秦時焚書，伏生壁藏之。其後兵大起，流亡，漢定，伏生求其書，亡數十篇，獨得二十九篇，即以教於齊魯之間。』南朝宋裴駰《集解》：『張晏曰：「伏生，名勝，《伏氏碑》云。」』又《漢書》卷八十八《儒林傳》唐顔師古注：『張晏曰：「伏生，名勝，《伏生碑》

云。』又：《後漢書》卷二十六《伏湛傳》云：『伏湛字惠公，琅邪東武人也。九世祖勝，字子賤，所謂濟南伏生者也。』

文翁[一]　名黨，字仲翁。《歷代小志》[二]

[一]文翁：漢景帝時爲蜀郡守，政績顯著，尤以治學、治水等爲後世稱頌。

[二]《歷代小志》：張崇文撰，時代未詳。明案：宋姚寬《西溪叢語》卷下：『又張崇文《歷代小志》：「文翁，姓文，名黨，字仲翁。晉帝時爲蜀郡太守。」今《漢書》皆不載其名，姑録於此。』

戴聖[一]　字次君。《儒林傳》[二]

[一]戴聖：西漢名儒，今文經學創始人，史稱小戴，有《小戴禮記》傳世。

[二]明案：《儒林傳》，指《漢書·儒林傳》，原文見班固《漢書》卷八十八《儒林傳》。

蜀才[一]　姓范，名長生。《顏氏家訓》[二]

[一]蜀才：西晋范長生自號。范長生爲蜀八仙之一。

[二]《顏氏家訓》：北齊顏之推撰，凡七卷。明案：《顏氏家訓》卷六《書證》云：『《易》有蜀才。注：江南學士。遂不知是何人。……而《李蜀書》一名《漢之書》，云：「姓范名長生，自稱蜀才。」』

伯佐

申包胥[一] 姓棼冒，名勃蘇。《國策》[二]

[一]申包胥：春秋楚大夫，有『哭秦庭』故事流傳，爲忠臣典範。

[二]《國策》：即《戰國策》，漢劉向編撰，凡三十三卷。明案：姚輯語出《戰國策》卷十四《楚策一》，原文爲：『昔吴與楚戰於柏舉，三戰入郢，寡君身出，大夫悉屬，百姓離散。棼冒勃蘇曰：「吾被堅執鋭，赴强敵而死，此猶一卒也，不若奔諸侯。」於是贏糧潛行，上峥山，踰深谿，蹠穿膝暴，七日而薄秦王之朝，雀立不轉，晝吟宵哭，七日不得告，水漿無入口，瘨而殫悶，旄不知人。』

文種[一] 字禽。《吕覽》高注[二]

[一]文種：春秋時越王勾踐謀臣，助越克吴王夫差。

[二]《吕覽》：《吕氏春秋》别名，秦吕不韋編撰，東漢高誘注，凡十二卷。明案：《吕氏春秋》卷二《當染》：『越王句踐染於范蠡、大夫種。』高誘注：『大夫種，姓文氏，字禽，楚之郢人。』

龍伯高[一]　名述，京兆人。《本傳》[二]

[一]龍伯高：西漢人，曾任零陵太守，著名賢臣。

[二]《本傳》：未審何書。龍伯高，《後漢書》卷五十四《馬援列傳》曾有提及，然未述及名諱。　明案：《太平御覽》卷六六四引《陰君自序》云：『伯高名述，京兆人，漢建武中爲仙都長，至零陵太守。馬援《戒兄子嚴書》曰：「龍伯高，敦厚周慎，口無擇言，謙約節儉，公廉有威。吾愛之、重之，願汝曹效之。」』

隱逸

許由[一]　字仲武。《莊子釋》[二]　一字巢父。譙周《古史考》[三]

[一]許由：上古高士，傳爲帝堯之師，不受天下，隱以爲仙。

[二]《莊子釋》：即《莊子》唐陸德明《經典釋文》。　明案：《莊子》卷一《逍遥游》『堯讓天下於許由』句陸德明《釋文》：『許由，隱人也，隱於箕山。司馬云：潁川陽城人。簡文云：陽城槐里人。李云：字仲武。』

[三]《古史考》：三國蜀漢譙周撰，今佚。　明案：《龍溪精舍叢書》輯《古史考》：『堯將以天下讓許由。由耻聞之，乃洗耳。或曰：又有巢父與許由同志。或曰：夏當居巢，故一號巢父。』

尹喜[一]　字公文。《列仙傳》[二]

[一]尹喜：即關令尹喜，或稱關尹，傳爲周大夫，曾任函谷關令，後修道成仙。

[二]明案：今本《列仙傳》卷上有『關令尹』條記其事，無『字公文』之説。《列子》卷二《黃帝》云：『關令尹喜，字公度，著書九篇。』『字公文』，元趙道一《歷世真仙體道通鑒》有載，是書卷八『尹喜』條云：『無上真人尹喜，字公文。』此或姚氏誤寫書名。

莊周[一]　字子休。《列子》注[二]

[一]莊周：即莊子，戰國時人，道教尊爲祖師，號南華真人。

[二]明案：姚氏輯此言出《列子》注，未審何人所注。唐成玄英《莊子序》：『其人姓莊，名周，字子休，生宋國睢陽蒙縣，師長桑公子，受號南華仙人，當戰國之初。』或爲姚氏所本。

陳仲子[一]　字子終。《高士傳》[二]

[一]陳仲子：即田仲，戰國時齊國人，『於陵學派』代表，一身正氣，不與污穢爲伍，後隱於田園。

[二]《高士傳》：晋皇甫謐撰，凡三卷。　明案：今本《高士傳》（《漢魏叢書》本）卷中有『陳仲子』條，然無『字子終』之説，《太平御覽》卷四八六引皇甫謐《高士傳》云：『陳仲，字子終，齊人。適楚，居於陵，自謂於陵子。仲窮，不苟求，非義之食不食。』姚引或當本此。

楚狂接輿[一]　姓陸，名通。《莊子疏》[二]

[一]楚狂接輿：春秋時楚國著名隱士。

[二]《莊子疏》，唐成玄英撰。　明案：《莊子·内篇·人世間》云：『孔子適楚，楚狂接輿游其門曰：「鳳兮鳳兮，何如德之衰也。來世不可待，往世不可追也。」』成玄英《疏》：『時孔子自魯之楚，舍於賓館。楚有賢人，姓陸，名通，字接輿，知孔子歷騁行歌譏諷。』又：漢劉向《列仙傳》卷上『陸通』條：『陸通者，云楚狂接輿也。好養生，食橐盧木實及蕪菁子。游諸名山，在蜀娥媚山上，世世見之，歷數百年去。』

洪崖先生[一]　姓張。《列仙傳》[二]

[一]洪崖先生：古仙，傳説爲黄帝之臣。

[二]明案：姚輯言出《列仙傳》，誤，諸本《列仙傳》無此記載。元趙道一《歷世真仙體道通鑒》卷四『洪崖先生』條云：『洪崖先生者，或曰黄帝之臣伶倫也，得道仙去，姓張氏，或曰帝堯時已三千歲矣。』又：明胡應麟《少室山房筆叢·玉壺遐覽三》有考説云：『唐張氳得仙，慕古洪崖，因自號洪崖子。《神仙通鑒》遂以爲古洪崖姓張。考《洪崖傳》稱帝堯時已三千歲，然則唐虞以前安得後世之姓耶？……可發一笑端。』可證姚引《列仙傳》實爲《歷世真仙體道通鑒》。

徐福[一]　字君房。《列仙傳》[二]

[一]徐福：秦道士，出海尋仙藥不歸，被尊爲仙人。

[二]明案：姚輯言出《列仙傳》，誤，諸本《列仙傳》無此記載，實爲元趙道一《歷世真仙體道通鑒》，見是書卷六，説見前條。又：宋張君房《雲笈七籤》卷二十六『祖洲』條云：『鬼谷先生云：「臣嘗聞東海祖洲上，有不死之草，生瓊田内，或名爲養神芝。其葉似菰苗，叢生，一株可活一人。」始皇於是慨然言曰：「可採得之不？」乃使使者徐福，發童男、童女各三百人，率載樓船等，入海尋祖洲，遂不返。福，道士也，字君房，後亦得道。』

王子年[一]　名嘉。《列仙傳》[二]

[一]王子年：即王嘉，晋人，作《拾遺記》十卷，道家奉爲真人。

[二]明案：姚輯言出《列仙傳》，誤，諸本《列仙傳》無此記載。宋朱象先《終南山説經臺歷代真仙碑記》（《道藏輯要》本）『王子年真人』條云：『真人名嘉，隴西人。晋建興中披度，靈明照徹，事多先見，知人驗物，咸以爲神。厥後朔南分裂，列國競以禮聘，遂隱於山，然猶咨訪不絕。年八十七，自言小責未了。姚萇訪以國事，乃力詆之，遂爲所害，當日友人隴右見之。有《拾遺記》等書行於世。』

嚴君平[一]　名遵。《王貢傳》[二]

[一]嚴君平：西漢成都人，著名道家方士，隱於成都賣卜，後世尊爲嚴仙。

[二]《王貢傳》：指班固《漢書·王貢傳》。明案：《漢書》卷七十二《王貢兩龔鮑傳》云：『谷口有鄭子真，蜀有嚴君平，皆修身自保，非其服弗服，非其食弗食。』唐顔師古注：『《地理志》謂君平爲嚴遵。《三輔决録》云：「子真名樸，君平名尊。則君平、子真，皆其字也。」』

華佗[一]　名旉。《方術傳》[二]

[一]華佗：東漢著名醫學家，後世尊爲神醫。

[二]《方術傳》，指范曄《後漢書·方術列傳》。明案：《後漢書》卷一百十二下《方術列傳》中有《華佗傳》，文曰：『華佗，字元化，沛國譙人也，一名旉。游學徐土，兼通數經，曉養性之術，年且百歲而猶有壯容，時人以爲仙。』

鄭子真[一]　名樸。《高士傳》[二]

[一]鄭子真：西漢名士，隱於谷口，耕讀不仕，修道静默，後世尊祀。

[二]明案：晋皇甫謐《高士傳》卷中『鄭樸』條：『鄭樸，字子真，谷口人也，修道静默，世服其清高。成帝時，元舅、大將軍王鳳以禮聘之，遂不屈。楊雄盛稱其德，曰：谷口鄭子真。耕於嚴石之下，名振京師，馮翊人刻石祠之，至今不絶。』參見前『嚴君平』條注[二]。

閔仲叔[一] 名貢。《高士傳》[二]

[一]閔仲叔：東漢節士，以辭官著稱於世。

[二]明案：晋皇甫謐《高士傳》卷中『閔貢』條：『閔貢，字仲叔，太原人也，世稱節士，雖周黨之潔清自以弗及也。黨見仲叔食無菜，遺以生蒜，仲叔曰：「我欲省煩耳，今更作煩邪！」受而不食。建武中，應司徒侯霸之辟，既至，霸不及政事，徒勞苦而已。仲叔恨曰：「以仲叔爲不足問邪？不當辟也。辟而不問，是失人也。」遂辭出，投檄而去。復以博士徵，不至。客居安邑，老病家貧，不能得肉，曰買猪肝一片，屠者或不肯與。其令聞，敕吏常給焉。仲叔怪，問知之。乃嘆曰：「閔仲叔豈以口腹累安邑邪？」遂去，客沛，以壽終。』

武陵漁人[一] 姓黄，名道真。《三洞群仙録》[二]

[一]武陵漁人：傳説中桃花仙境之尋訪者。

[二]明案：見宋陳葆光《三洞群仙録》卷五，原文爲：『《桃源記》：晋太康中，武陵漁人黄道真泛舟，自沅泝流而入，見山中桃花夾岸，落英繽紛。睹一石洞，涓流中吐，寒聲漱玉，居室蟬聯，池亭連貫，雖男冠女服，略同於外，然所服鮮潔，顔色璨然。見道真甚悦，遞邀至家，爲具酒食，問：「今所歷代？」道真具以實告。衆皆感嘆曰：「何人世之多遷貿也。」道真辭出，他日復尋花源之路，乃迷不復見矣。』

東方朔[一]**之父** 姓張，名夷，字少平。《正訛編》[二]

[一]東方朔：漢武帝臣，以滑稽著稱，民間有『東方朔偷桃』等傳説。

[二]明案：《正訛編》原書未見。明胡應麟《少室山房筆叢·玉壺遐覽二》引明陳士元《名疑》：『東方朔本姓張氏，父名夷，字少平。一曰姓金氏。』

介之推[一] 姓王，名光。《神仙録》[二]

[一]介之推：春秋晋國賢臣，隱居不言禄，後世尊爲仙真。

[二]《神仙録》：未審何書。　明案：漢劉向《列仙傳》卷上：『介子推者，姓王，名光，晋人也。隱而無名，悦趙成子，與游。旦有黄雀在門上，晋公子重耳异之，與出，居外十餘年，勞苦不辭。及還介山，伯子常晨來，呼推曰：「可去矣。」推辭母入山中，從伯子常游。後文公遣數千人以玉帛禮之，不出。後三十年見東海邊，爲王俗賣扇。後數十年，莫知所在。』

雜人

伯樂[一] 姓孫，名陽。《莊子疏》[二]

[一]伯樂：春秋時秦國人，善治馬。

[二]明案：《莊子·外篇·馬蹄》云：『及至伯樂，曰：「我善治馬。」』唐成玄英疏：『《列子》云：姓孫，名陽，字伯樂，秦穆公時善治馬人。』

公孫宏[一] 字次卿。《鄒長蒨傳》[二]

[一]公孫宏：一作公孫弘，西漢名臣。

[二]《鄒長蒨傳》：撰者未詳。明案：《鄒長蒨傳》，明王世貞《宛委餘編》七引作《鄒長蒨書》，文曰：『公孫弘，字次卿，見《鄒長蒨書》。』

易牙[一] 名亞。《孔疏》[二]

[一]易牙：春秋時名厨。

[二]《孔疏》：即唐孔穎達《左傳疏》。明案：明張岱《夜行船》卷四『考古部』：『易牙，名亞。見孔穎達《疏》。』

王良[一]　**字子期**《韓非子》[二]，**字伯樂**。張晏説[三]

[一]王良：春秋時善御者。

[二]明案：見《韓非子》卷七《喻老》，文曰：『趙襄主學御於王子期，俄而與於期逐，三易馬而三後。』又：明楊慎《升庵集》卷五十：『《韓非子》曰：「王子期爲趙簡子御。」子期，王良字也。』

[三]明案：張晏説，見班固《漢書》卷六十四下《嚴朱吾丘主父徐嚴終王賈傳》『王良執靶』句唐顔師古注，文曰：『張晏曰：王良，郵無恤，字伯樂。』

郵無恤、郵良、劉無止、王良　**總一人**。《王褒傳》顔注[一]

[一]明案：《王褒傳》顔注，指班固《漢書》卷六十四下《嚴朱吾丘主父徐嚴終王賈傳》『王良執靶』句唐顔師古注，文曰：『《參驗《左氏傳》及《國語》、《孟子》，郵無恤、郵良、劉無止、王良，總一人也。』

楊朱[一]**之弟**　**名布**。《列子》[二]

[一]楊朱：戰國時魏人，道家楊朱學派創始人。

[二]明案：見《列子》卷八《説符》，文曰：『楊朱之弟曰布。衣素衣而出，天雨，解素衣，衣緇衣而反。其狗

不知，迎而吠之。楊布怒，將撲之。楊朱曰：「子無撲矣，子亦猶是也。」

墨翟[一]之兄 名綏。《莊子》[二]

[一]墨翟：即墨子，春秋戰國時思想家。

[二]明案：見《莊子·雜篇·列御寇》，文曰：『鄭人緩也，呻吟裘氏之地，祇三年而緩爲儒。河潤九里，澤及三族，使其弟墨。儒墨相與辯，其父助翟。』晋郭象注：『翟，緩弟名。』

逢蒙[一]之弟 名鴻超。《列子》[二]

[一]逢蒙：傳説中夏朝善射者。

[二]明案：見《列子》卷四《仲尼》，文曰：『逢蒙之弟子，曰鴻超。』

漢高之仲[一] 名喜。《史記》注[二]

[一]漢高之仲：漢高，指漢高祖劉邦。漢高之仲，指漢高祖劉邦之仲兄。

[二]《史記》注：指《史記》卷八《高祖本紀》唐司馬貞《索隱》，文曰：『漢高祖長兄名伯，次名仲，不見別

名，則季亦是名也。』　明案：清崔適《史記探源》卷六引晋裴駰《集解》（今本無）：『徐廣曰：次兄名喜，字仲，以六年立爲代王，其年罷，卒謚頃王。』又：明張岱《夜行船》卷四「考古部」：『高祖兄仲，名喜。……見《史記》注。』姚氏所言《史記》注，當指裴駰《集解》可知。

師曠[一]　字子野。《莊子疏》[二]

[一]師曠：春秋時著名盲人樂師。

[二]明案：見《莊子·外篇·駢拇》，文曰：『多於聰者，亂五聲，淫六律，金石絲竹黄鐘大吕之聲非乎，而師曠是已。』唐成玄英疏：『師曠，字子野，晋平公樂師，極知音律。』

翁仲[一]　姓阮，始皇時交趾人。《近峰聞略》[二]

[一]翁仲：秦始皇時异人，身長力大，威震匈奴。

[二]《近峰聞略》：札記書，明皇甫録撰，凡八卷，明陶宗儀《説郛續》輯有一卷。　明案：此書八卷本未見，《説郛續》輯本無翁仲事。又：明陳耀文《天中記》卷二十一「阮翁仲」條云：『翁仲，安南人，身長二丈三尺，氣質端勇，异於常人。少爲縣吏，爲督郵所笞，嘆曰：「人當如是耶！」遂入學究書史。秦始皇併天下，使翁仲將兵守臨洮，聲振匈奴，秦以爲瑞。翁仲死，遂禱銅爲其像，置咸陽宫司馬門外。匈奴至，有見之者，猶以爲生。』

公孫龍子[一]　字子秉。《列子》[二]

[一]公孫龍子：即公孫龍，戰國時趙國人，名家大師，撰有《公孫龍子》。

[二]明案：《列子》卷四《仲尼》有『樂正子輿曰：子以公孫龍之鳴』之句，無『字子秉』之説。其説源自該句『公孫龍』晋張湛注：『平原君之客，字子秉，或云趙人。』

杜康[一]　字仲寧。《短歌行》注[二]

[一]杜康：傳説夏朝人，始作酒者。

[二]《短歌行》：魏武帝曹操撰，梁蕭統《文選》卷二十七輯録。明案：曹操《短歌行》『何以解憂，唯有杜康』句唐李善注：『王著《與杜康絶交書》曰：「康，字仲寧。」』

項伯[一]　名纏。《漢書》注[二]

[一]項伯：西楚霸王項羽之叔父。

[二]《漢書》注：指《漢書》顔師古注。明案：班固《漢書》卷一上《高帝紀》：『羽季父左尹項伯，素善張

良。』唐顔師古注：『伯者，其字也，名纏。』

楊王孫[一] 名貴。《西京雜記》[二]

[一]楊王孫：西漢人，家有千金，富貴不奢，首倡『裸葬』，爲世所尊。

[二]《西京雜記》：筆記小説，舊題漢劉歆撰，原書二卷，今本凡六卷。明案：今本《西京雜記》無此載。明王世貞《宛委餘編》七曰：『楊王孫，名貴。見《西京雜記》。』或爲姚輯所本。

匠石[一] 字伯夔。司馬彪説[二]

[一]匠石：即郢匠，傳説中之運斧神匠。

[二]司馬彪説：指《文選》唐李善注引司馬彪説。明案：《莊子・雜篇・徐無鬼》云：『郢人堊慢其鼻端若蠅翼，使匠石斲之。匠石運斤成風，聽而斲之，盡堊而鼻不傷，郢人立不失容。』又：梁蕭統《文選》卷十八輯嵇叔夜《琴賦》：『乃使離子督墨，匠石奮斤。』唐李善注：『司馬彪曰：匠石，字伯。』又：清張澍《養素堂文集》卷三十三『名字録』云：『匠石，字伯尚，見《文選》注。一云字伯夔，見《淮南子》注。』然今本《淮南子》未見此注。

隋侯[一]　姓祝，字元暢。《搜神記》[二]

[一]隋侯：春秋時隋國侯王。

[二]明案：晋干寶《搜神記》卷二十輯有『隋侯得珠』一事，然無『姓祝，字元暢』之説。《孟子·盡心下》『寶珠玉者，殃必及身』句宋黄奭《疏》引《韓詩》：『隋侯姓祝，字元暢。往齊國，見一蛇在沙中，頭上血出。隋侯以杖挑於水中而去。後回，還到蛇處，乃見此蛇銜珠來隋侯前，隋侯意不懌。是夜，夢脚踏一蛇，驚起，乃得雙珠。後人稱爲隋侯珠矣。』

列女

黄帝母　名附寶。[一]

[一]明案：本條姚氏未注明出處。《太平御覽》卷七九引晋皇甫謐《帝王世紀》：『黄帝有熊氏，少典之子，姬姓也，母曰附寶，其先即炎帝。……及神農之末，少典氏又取附寶，見大電光繞北斗樞星，照郊野，感附寶，孕二十五月生黄帝於壽丘。』

堯母　名陳豐。《律曆志》[一]

[一]《律曆志》：即班固《漢書·律曆志》。　明案：《漢書》卷二十一下《律曆志下》：『《帝系》曰：『帝嚳四妃，

陳豐生帝堯，封於唐。蓋高辛氏衰，天下歸之。木生火，故爲火德，天下號曰陶唐氏。」又卷二十《古今人表》：「陳豐，帝嚳妃，生堯。」唐顔師古注：「即陳鋒是也。」

舜妹 名敤手。《漢志》[一]

[一]明案：姚氏此言《漢志》，當爲《漢表》之誤。班固《漢書》卷二十《古今人表》：「敤手，舜妹。」清梁玉繩《漢書人表考》卷三云：「敤手始見此。舜妹始見《列子·楊朱》。敤，又作顆（《史〈記〉·五帝紀·正義》），又作婐（《路史·後紀十二·注》），又作敤首（《説文》攴部），名繫（《列女傳》）。」

瞽瞍[一]**妻** 曰握登。《路史》[二]

[一]瞽瞍：舜父，一作瞽叟。

[二]明案：見宋羅泌《路史·後紀》卷十一「（舜）初家於冀，夙喪其母」句宋羅苹注：「《（帝王）世紀》云：『母握登。』《詩含神霧》云：『握登見大虹，意感而生舜於姚墟。』」

舜三妃 名少匽。[一]

[一]明案：本條姚氏未注明出處。《山海經·海内北經》云：『舜妻登比氏，生宵明、燭光，處河大澤，二女之靈能照此所方百里。一名登北氏。』清吴任臣《山海經廣注》云：『登北，書多作癸北，《姓纂》又作癸比，舜之第三妃也。《冠編》云：禹封癸比氏之出於巴陵蛙螢子。又云：癸比氏從子封巴陵，生二女，是謂湘神。《楚辭》所稱湘夫人者，指宵明、燭光也。《説略》曰：湘陰黄陵爲癸比之墓，而臨桂縣城北十餘里有雙女冢，特舜女也。程良孺云：舜三妃，亦名少匽。』

老君[一]母　洪氏。[二]

[一]老君：指李老君李耳，即道家所謂太上老君。

[二]明案：本條姚氏未注明出處。唐段成式《酉陽雜俎·前集》卷二《玉格》云：『又曰老君有胎八十一年，剖左掖而生，生而白首。又曰青帝劫末，元氣改運，托形於洪氏之胞。』姚輯言老君母姓洪氏，或出於此。

毁即墨[一]者　周破胡[二]。《列女傳》[三]

[一]即墨：山東地名。

[二]周破胡：齊威王佞臣。

[三]《列女傳》：雜史書，漢劉向撰，凡八卷。　明案：《列女傳》卷六『齊威虞姬』條：『虞姬者，名娟之，齊威王之姬也。威王即位九年不治，委政大臣諸侯并侵之。其佞臣周破胡專權擅勢，嫉賢妒能，即墨大夫賢

而日毁之。」

以簞食壺漿與伍子胥而自沉水之女子　姓史。《應天府志》[一]

[一]《應天府志》：南京地方志書，明以後多有修纂。　明案：明萬曆《應天府志》卷十五：『溧水一名瀨水……伍子胥避難溧陽，道中有女子擊緜瀨上。子胥乞飧，曰掩夫人壺漿。女子投瀨死。後子胥欲報德，不知其家，投金瀨水而去，又謂之金淵。』又：《太平御覽》卷五九引《吴越春秋》：『伍子胥奔吴至溧陽，溧陽女子擊縹瀨水之上。子胥過，跪而乞飡，女子簞飯壺漿而食之。子胥飡而去，謂女子曰：「掩子壺漿，勿令其露。」女子曰：「行矣。」子胥行五步，環顧，女子已自投瀨中。後子胥伐楚師還，過溧陽瀨上，欲報以百金，不知其家，乃投金瀨水而去。後有嫗行哭而來，曰：「吾女年三十不嫁，擊縹於此，遇窮人飯之，恐事泄，投水而死。」乃取金歸。』又：宋周必大《泛舟游山録》卷二（見《文忠集》卷一百六十八）云：『去縣四十里，有貞義女廟。女姓史士（氏），黄生人。李太白作記，題云《瀨水上古貞義女碑銘并序》。』又：明嘉靖《溧陽縣志》卷十六載：『渡濟橋有史貞女祠』。史姓明矣。

精衛　黄帝少女，名女娃。[一]

[一]明案：本條姚氏未注明出處。《山海經·北次三經》云：『發鳩之山，其上多柘木。有鳥焉，其狀如烏，文首、白喙、赤足，名曰精衛，其鳴自詨。是炎帝之少女名曰女娃，女娃游於東海，溺而不返，故爲精衛，常銜西山之木石，以堙於東海。』晋郭璞注：『炎帝，神農也。』

後記

一九八二年初大學畢業後不久，得袁珂先生青睞，我從一個軍工企業子弟校調到四川省社會科學院文學研究所，成爲這位聲名如雷貫耳的大學者的學術助手，與先生朝夕相處，從事專業神話研究。此後十多年間，閱讀和研究古籍就成爲日常工作。隨着協助袁先生《中國神話傳説詞典》、《中國神話傳説》、《中國神話史》等著作的出版，特別是一九八五年與袁先生共同編纂的《中國神話資料萃編》的出版，使我的治學能力有了很大的提高，對古籍整理的興趣也越來越大。

記得是上世紀九十年代初的一天，袁珂先生交給我一叠復印紙，叫我認真讀一下。接過來看，原是姚東昇《釋神》稿本復印件。稿本字體比北京書目文獻出版社影印本大一些，字迹還算清晰。讀完以後，袁先生叫我試着做一些校注工作。我明白，先生是想借此擴大我的知識面，同時歷練我的治學能力。於是，埋頭於書齋，潛心做起校注工作來，書名就擬作《釋神校注》。不料，書稿進行到大約一半時，全民經商浪潮襲來，耐不住寂寞的我就投身商海，未完之書稿也就擱在一旁無暇顧及了。

轉眼二十年時間流逝，恩師袁珂先生也駕鶴西去。從商期間，雖未敢忘先生教誨，無奈雜事纏身，於治學之事有心無力，辜負了先生的殷切期望，然先生對我却無絲毫埋怨之言，并給予了充分理解。每念及此，心中五味雜陳，愧疚之情油然而生。特别使我感到惴惴不安的是，先生離世至今已十有四年，其間我并無任何文字在正式場合向先生表達愧疚之情，不是不想，而是没有合適的機會。幸得去年年初超脱於商海一綫，有機會回到書齋。整理思緒，第一個想到的就是未竟之稿《釋神校注》，故决心繼續完成之，以慰先生在天之靈。於是閉門讀書寫作，一如二十年前。

如今，先生佑我，書稿已成并即將付梓。我想，本書的出版應是對先生最好的匯報和紀念，但願先生能恕弟子歧途之過，也願此書能爲中國神話研究盡一份綿薄之力。果能如此，則吾之大幸也。

周　明

二〇一五年四月六日

圖書在版編目（CIP）數據

釋神校注/周明校注．—成都：巴蜀書社，2015.7
（2020.6 重印）
ISBN 978-7-5531-0547-5

Ⅰ.①釋…　Ⅱ.①周…　Ⅲ.①神話－中國－古代
Ⅳ.①I276.5

中國版本圖書館 CIP 數據核字（2015）第 120882 號

釋神校注　　　　周 明　校注

責任編輯　黃雲生
封面題簽　侯安國
出　　版　巴蜀書社
　　　　　成都市槐樹街 2 號　郵編 610031
　　　　　總編室電話：（028）86259397
網　　址　www.bsbook.com.cn
發　　行　巴蜀書社
　　　　　發行科電話：（028）86259422　86259423
經　　銷　新華書店
印　　刷　成都春曉印務有限公司
版　　次　2015 年 7 月第 1 版
印　　次　2020 年 6 月第 2 次印刷
成品尺寸　210mm×148mm
印　　張　8.5
插　　頁　2
字　　數　200 千字
書　　號　ISBN 978-7-5531-0547-5
定　　價　25.00 元